Verirrte Herzen

Von Ursula Adler

Einführung

Es war einmal ein kleines Mädchen, sie hieß Silvia. Sie spielte mit ihrer Freundin Angelika jeden Tag. Sie waren richtige Freundinnen. Weil Angelika ein Kinderzimmer hatte und sie selber hatte keines, trafen sie sich natürlich fasst immer in Angelikas Zimmer. Silvia brachte auch immer ihre Puppe mit. Die Tage waren unbeschwert und keiner dachte daran, dass einmal alles ganz anders kommen könnte. Sie konnten immer kaum erwarten, dass der Unterricht zu Ende war. Sowie die Hausaufgaben erledigt waren, konnten sie endlich zusammen spielen.

Silvia zieht um

Eines Tages war es soweit, Silvia musste weg ziehen. Die
Eltern von Silvia hatten nur wenig Platz in ihrer Wohnung.
Silvia musste bei den Eltern immer im Schlafzimmer mit
schlafen. Ihre Spielsachen musste sie jeden Tag
wegräumen. Bei Angelika war dies anders, sie konnte ihre
Spielsachen auch mal stehen lassen. Es war ja ihr Zimmer.
Nun hatten die Eltern von Silvia
ein Einfamilienhaus bekommen. Dort wohnte mal eine
ältere Frau, sie ist leider verstorben und nun stand das
Haus unbewohnt da. Die Eltern von Silvia räumten das
Haus leer und dann wurde alles renoviert. Alles, bis auf den
Boden. Da für hatte Silvias Vater keine Zeit. Er sagte zur
Mutter: „ Schatz, das können wir mal später machen.
Wichtig ist, wir können endlich einziehen und Silvia hat ein
Zimmer für sich alleine."
Die Eltern kauften sehr schöne Möbel für Silvia. Silvia
hatte sich auch schon sehr darauf gefreut. Nun kam aber
der Abschied von Angelika. Es war sehr schwer für die
Beiden. Nun kam auch noch, dass Silvia in eine andere
Schule musste. Es war doch sehr weit weg, von da, wo
Silvia und Angelika wohnten.
Der Vater: „ Silvia, Angelika wird dich auch mal besuchen
kommen. Wir werden auch Angelika mal besuchen. Du
wirst neue Freunde finden."
Silvia war sehr traurig. Der Abschied von Angelika fiel ihr
sehr schwer.
Nun war es soweit, sie zogen in dieses Haus. Silvias
Zimmer war sehr schön und groß. Sie hatte viel Platz in
ihrem Zimmer. Da sagte der Vater: „ Na Silvia, hier kann
dich deine Freundin besuchen kommen und kann auch,
wenn ihre Eltern es erlauben auch mal über Nacht hier
bleiben."

Da sah die Welt für Silvia schon wieder besser aus. Sie dachte daran, dass Angelika auch bei ihr schlafen durfte. Nun kam Silvia in die neue Schule. Alle sahen Silvia an. Silvia stand da in der Klasse, sie wusste nicht, wo sie ihre Hände lassen sollte. Sie verschränkte ihre Arme und schaute nach links und dann nach rechts. Einige von den Kindern rannten durch die Klasse und Silvia wurde dadurch hin und her geschubst. Eine Lehrerin betrat den Klassenraum und sagte mit lauter Stimme: „ Guten Morgen Kinder!"
Da wurde es still im Klassenraum und alle standen auf ihren Plätzen, neben der Schulbank.
Silvia stand vorn am Lehrertisch, immer noch mit verschränkten Armen und den Kopf jetzt auch noch nach unten gesenkt. Die Lehrerin sah Silvia an und sagte:" Hallo Silvia, ich bin Frau Baumann", danach laut zur Klasse: „ Darf ich euch eure neue Mitschülerin vorstellen? Das ist Silvia." Die Lehrerin schaute in die Klasse und sagte dann: „ Am besten ist, du setzt dich neben Anne Katrin. Sie ist eine gute Schülerin und sie kann dir ein bisschen helfen, die anderen kennen zu lernen." Silvia nickte nur und setzte sich neben Anne Katrin. Sie sahen sich beide an und Silvia dachte nur, sie ist so anders, als ihre beste Freundin Angelika. So verging der erste Schultag sehr schnell, weil für Silvia alles neu war. Sie kam nach Hause. Ihre Eltern hatten keine Zeit für sie, sie waren beschäftigt, alles einzuräumen. Silvia ging in ihr Zimmer, machte die Hausaufgaben. Als sie damit fertig war, schaute sie aus dem Zimmer raus. Mutter räumte den Kleiderschrank ein. Silvia fragte: „ Wo ist Papa?"
Die Mutter: „ Papa räumt den Stall ein. Er hat jetzt einen schönen großen Raum, für sein ganzes Werkzeug. Was willst du denn von Papa?"
Silvia: „ Ach nichts, ich wollte nur wissen, wo er ist."

Silvia ging wieder in ihr Zimmer. Sie nahm ihre Puppe auf den Arm und dachte, wenn doch nur Angelika hier wäre. Aber Angelika war ja nicht da. Sie dachte daran, dass sie Angelika auch fehlen würde, aber sie hat doch noch alle ihre Klassenkameraden und die gewohnte Umgebung. Für Silvia war hier alles fremd. Wenn sie auf die Straße ging, traute sie sich nur bis zur Ecke, weiter nicht, denn sie hatte Angst, sie könnte sich verlaufen und findet nicht wieder nach Hause. So blieb ihr erst mal nur eins, sie musste zu Hause bleiben, bis sie sich hier besser auskennt. Es war schon spät am Abend, als Silvias Mutter rief:

„ Silvia, dass Abendessen ist fertig!"

Silvia ging in die Küche. Es war eine schöne große Küche, man konnte dort richtig an einem Tisch sitzen. In der alten Wohnung ging dies nicht, da musste man immer ins Wohnzimmer zum Essen. Es sah alles noch unordentlich aus.

Die Mutter: „ Na ja, morgen sieht alles anders aus." Sie schaute sich in der Küche um und lächelte dabei. Sie sah Silvia an und sagte: „ Wie gefällt dir denn dein Zimmer? Ist es dir denn groß genug? Wir haben nun endlich Platz für alle."

Silvia sah ihre Mutter an und sagte: „ Ja, es ist groß genug, aber alles noch so fremd."

Der Vater: „ Ja, da wirst du dich bestimmt dran gewöhnen."

Silvia ging ins Bett. Es roch alles nach frischer Farbe, sie konnte nicht sofort einschlafen, sie dachte über alles nach und wie es weiter gehen soll. Dann muss sie aber doch eingeschlafen sein, denn da stand ihre Mutter vor ihr und sagte: „ Silvia, du musst aufstehen, dass Frühstück ist fertig und du musst zur Schule."

Silvia war noch ganz verschlafen. Sie ging ins Bad, es war auch schön groß, so viel Platz hatten sie vorher auch nie im

Bad. Da stand sonst in der alten Wohnung noch die
Waschmaschine drin. Sie hatten sehr schöne neue
Badmöbel, es war eben alles schön und neu.

Silvias erster Schultag in der neuen Schule

Silvia ging nach dem Frühstück zur Schule. Es war nicht weit von zu Hause. Sie konnte da auch gleich alleine hinfinden. Es war nur eine Straße weiter. Silvia betrat den Klassenraum und keiner kümmerte sich mehr um Silvia. Sie setzte sich auf ihren Platz, neben Anne Katrin. Anne Katrin war ein sehr nettes Mädchen. Sie sagte Silvia, mit wen sie sich anfreunden kann und mit wen lieber nicht. Sie sagte aber auch noch: „ Na ja, du musst es eben auch alleine herausfinden. Aber wenn du gut zu Recht kommen willst, dann höre lieber darauf, was ich dir sage." Silvia nickte nur und sagte: „ Danke, dass du mir so hilfst." Anne Katrin fragte: „ Hast du denn Freunde in dieser Gegend?" Silvia schüttelte den Kopf: „ Meine beste Freundin, sie wohnt in einem ganz anderen Stadtteil. Ich habe hier keine Freunde."
Anne Katrin: „ Das macht nichts, du wirst auch hier bestimmt neue Freunde finden."
Die Schule war aus und Silvia ging nach Hause. Ihre Mutter wartete schon auf sie. Es war alles so weit fertig. Da sagte die Mutter: „ Also, Silvia, ab morgen muss der Papa wieder arbeiten und ich gehe dann ab nächste Woche auch arbeiten." Silvia schaute ihre Mutter an und fragte: „ Wie, du musst arbeiten? Seit wann gehst du arbeiten?"
Die Mutter: „ Also Silvia, du bist jetzt schon groß, ich muss jetzt nicht immer zu Hause sein wenn du aus der Schule kommst. Ich muss wieder arbeiten gehen. Du kannst schon sehr viel alleine machen. Essen bereite ich immer einen Tag vorher zu, du musst es dir nur warm machen oder mal ein paar Kartoffeln dazu kochen."
Silvia konnte die Welt nicht mehr verstehen. Als der Papa am Abend auch mit am Tisch saß, bestätigte er die Worte von der Mutter.

Die Woche verging so schnell und Silvia musste nun morgens alleine aufstehen und wenn sie aus der Schule kam, war auch keiner zu Hause. Mutter und Vater kamen immer sehr spät nach Hause. Silvia machte ihre Hausaufgaben und ein paar Kleinigkeiten im Haushalt, welches ihr die Mutter aufgetragen hatte. So ging alles Tag für Tag und Silvia gewöhnte sich daran, dass sie fast immer alleine zu Hause war und die Familie erst zum Abendessen zusammen war.

Jetzt kam die Zeit, wo Silvia dann mal das gesamte Haus erkunden wollte. Sie ging auf den Boden. Dort sah es zum fürchten aus. Da standen alte Möbel, ein Spiegel und viel Spinnengewebe war dort. Da Silvia sehr neugierig war, wollte sehen, was da so alles in den alten Möbeln drin war. Sie ging zum Kleiderschrank. Da steckte auch noch der Schlüssel. Silvia machte die Tür auf. Sie quietschte beim Öffnen. Da, es waren alles nur alte Kleider drin. Dann waren da noch ein paar große Schachteln. Silvia öffnete eine davon und da war ein riesengroßer Hut drin. Silvia lachte, sie fand Gefallen daran. Es kam die Zeit und Angelika kam sie auch besuchen. Es war sehr schön, denn sie durften auch auf dem Boden spielen. Die alten Sachen machten sehr viel Spaß. Als Silvias Vater anfangen wollte den Boden aufzuräumen, sagte Silivas Mutter: „ Lass es doch so wie es ist. Silvia hat Freude daran und wenn Angelika kommt, macht es ihr auch viel Spaß. Ich finde, es sieht nach jedem Mal, wenn Silvia oben war aufgeräumter aus. Ich brauche doch den Boden nicht."

„ Na gut Karla", sagte der Vater, strich seiner Frau über die Haare und sagte darauf: „ dann habe ich eben noch für andere Sachen mehr Zeit."

Silvia spielte mit Angelika gerne auf dem Boden. Sie verkleideten sich mit den alten Sachen.

Angelika war aber nicht immer da. Sie konnten auch nicht so oft miteinander spielen wie sonst, denn sie wohnte ja weit weg, so kam es, dass sie nur alle 2 oder 3 Monate zusammen sein konnten. Silvia freundete sich zumindest in der Schule mit Anne Katrin an. Sie war wirklich eine gute Schülerin, aber als Freundin wollte sie Anne Katrin nicht haben, sie war ihr
viel zu eingebildet. Anne Katrin hatte immer die feinsten Sachen an, sie war sehr hübsch und ihre Eltern waren wohl auch sehr reich. Also, im Sportunterricht, da war sie nicht so gut, da war Silvia doch etwas besser. Auf dem Schulhof musste Anne Katrin immer darauf achten, dass sie nicht ihre schönen Kleider schmutzig oder kaputt machte. Silvia war es egal, sie rannte und tollte immer rum, wo sie nur konnte. In Mathematik, da war Anne Katrin nicht zu schlagen. Sie war auch immer ganz nett zu Silvia und half ihr oft dabei.
Die Mutter sagte zu Silvia: „ Warum bringst du Anne Katrin nicht mal mit zu uns nach Hause? Ihr könntet doch auch mal eure Hausaufgaben zusammen machen."
Silvia: „ Ach, ich weiß nicht, ich glaube, sie würde gar nicht kommen wollen."
Die Mutter: „ Frag sie doch einfach mal."
Silvia tat, wie ihr die Mutter geraten hatte und fragte am nächsten Tag: „ Anne Katrin, hast du Lust mit mir nach Hause zu kommen? Meine Mutter hat dich eingeladen."
Anne Katrin: „ Da muss ich erst zu Hause fragen. Ich sage dir dann, ob ich darf oder nicht."
Nach einigen Tagen kam Anne Katrin zur Schule und sagte: „ Ich kann dich besuchen kommen."
Silvia: „ Prima, da wird sich meine Mutter auch freuen. Wann du willst du denn kommen?"
„Ich kann morgen schon, wenn es dir und deinen Eltern nichts ausmacht."

Anne Katrin kam dann auch am nächsten Tag. Silvia und Anna Katrin machten ihre Hausaufgaben in Silvias Zimmer. Danach schaute sich Anne Katrin die Spielsachen von Silvia an und sagte: „ Du hast aber nicht sehr viele Spielsachen."

Silvia: „ Nein, ich brauche auch nicht so viel. Wir hatten vorher nur eine kleine Wohnung und da war nicht so viel Platz für Spielsachen und ich hatte die meiste Zeit mit Angelika gespielt.

Sie hatte auch sehr viele Spielsachen."

Anna Katrin: „ Wo ist Angelika?"

Silvia: „ Sie wohnt ganz weit weg von hier und wir können nur selten miteinander spielen."

So kam es, dass Silvia auch ab und zu mit Anne Katrin zusammen war. Angelika kam nur noch selten und auch Silvia hatte kaum noch Zeit, um sie zu besuchen.

Wenn Silvia alleine zu Hause war, ging sie immer wieder auf den Boden um dort zu spielen. Es war immer sehr interessant, mit den alten Möbeln und den alten Kleidern zu spielen. So fühlte sie sich nicht so alleine und in eine völlig andere Welt versetzt. Eines Tages, fand sie in einer Schublade ein paar Bilder. Sie waren so etwas gelb, teilweise schwarzweiß, sie waren nicht so schön bunt, wie sie es von den Fotos kannte.

Silvia sah sich die Fotos genau an. Da war eine sehr schöne Frau zu erkennen. Viele Fotos von dieser Frau waren dort in dieser Schublade. Sie trug lange Kleider, so wie man es aus den alten Filmen kannte und die Haare waren so nach oben gesteckt. Silvia war fasziniert von den Fotos. So kam es, dass sie eines Tages ein Bündel mit Briefen fand. Sie waren mit einer roten Schleife zusammen gebunden. Silvia sah diese Briefe an und wusste nicht, was sie jetzt tun sollte. Sie drehte die Briefe nach allen Seiten und überlegte, ob sie diese öffnen durfte. Silvia legte sie wieder weg. Sie dachte

lange darüber nach, man darf doch keine fremden Briefe
lesen!
Eines Tages ging Silvia direkt auf den Boden, sie war
wieder alleine. Sie ging zu dieser Schublade, wo sie die
Briefe gefunden hatte. Sie hatte niemanden von diesen
Briefen erzählt. Die Neugier plagte sie so sehr, so dass sie
dieses Mal die Schleife öffnete.
Sie sah den ersten Umschlag an, darauf stand:

An
Fräulein Josefine Morena

Silvia nahm den ersten Brief und öffnete diesen. Sie nahm
den Inhalt des Umschlages heraus. Da fielen ein paar
getrocknete Rosenblätter auf den Boden. Sie faltete den
Brief auseinander und begann zu lesen.

Liebste Josefine,

ich muss immer an Dich denken. Aus diesem Grunde
schreibe ich Dir diese Zeilen.
Ich vermisse den Duft Deiner wunderschönen Haare.
Auch wenn wir uns erst vorige Woche noch gesehen
haben, es kommt mir wie ein Jahr vor. Ich freue mich jetzt
schon auf nächsten Monat, wo wir uns wieder sehen
können. Wir treffen uns dann wieder in diesem Cafe an der
Ecke. Dort werde ich wieder ganz heimlich Deine zärtliche
Hand halten, so dass es niemand sehen kann. Wenn ich an
Dich denke, dann klopft mein Herz bis zum Hals. Sag
Liebes, geht es Dir auch so?.........
.
Plötzlich hörte Silvia Schritte, es kommt jemand die Treppe
herauf. Silvia steckte den Brief schnell in die Schublade
zurück. Sie schaute zur Bodentür, die ein spaltbreit offen

stand und da stand Vater in der Tür und sagte: „ Da bist du ja, ich habe dich gesucht."

Silvia: „ Ich habe dich nicht gehört."

Vater: „ Was machst du immer hier oben?"

Silvia: „ Ach, ich sehe mir hier die alten Sachen an." Silvia schaute dabei auf den Fußboden, weil sie merkte, dass sie rot geworden ist und glaubte, dass ihr Vater es so nicht sehen kann.

„Was denn für Sachen?", fragte der Vater.

Silvia: „ Na ja, eben so alte Sachen. Ich habe schon welche davon angehabt."

Der Vater schüttelte den Kopf und fragte: „ Hast du denn nicht genug Sachen, die du anziehen kannst? Deine Mama hat dir doch erst wieder neue Sachen gekauft."

Silvia: „ Ja, Papa, die sind doch für die Straße und zur Schule. Die alten Klamotten ziehe ich hier gerne an. Da kann man sich verkleiden. Aber das können Väter nicht verstehen."

Der Vater drehte sich um und sagte beim gehen: „ Deine Mama kommt bald nach Hause. Ich dachte, dass wir sie mit einem netten Abendessen überraschen."

Silvia: „ Ja, Papa, ich komme gleich. Ich muss nur noch hier aufräumen. Dann kann ich dir helfen."

Als der Vater die Bodentreppe wieder nach unten ging, nahm Silvia den Brief wieder aus der Schublade, steckte ihn wieder in den Umschlag und legte ihn wieder zu den anderen Briefen zurück. Am liebsten hätte sie ja weiter gelesen, aber sie wollte doch ihrem Vater beim Kochen helfen. Silvia ging die Treppe herunter, in die Küche. Der Vater war schon bei den Vorbereitungen, für das Abendessen. Silvia schälte gleich eine Zwiebel und fragte: „ Was kann ich noch tun?"

Der Vater: „ Ja, du kannst einen Topf auf den Herd setzen, mit Wasser, für den Reis."

Als die Mutter nach Hause kam, war alles vorbereitet für das Abendessen. Es wurde ein schöner Abend. Nur Silvia hörte nicht zu, was ihre Mutter zu erzählen hatte.

Der Vater, der dies bemerkte, fragte Silvia: „ Freust du dich nicht, was deine Mama heute alles geschafft hat?"

Silvia: „ Wie, bitte......? Was geschafft?" Silvia schaute vom Vater zur Mutter und wusste nicht, worum es ging. Sie hatte doch nicht zugehört. Sie dachte an den Brief, den sie gelesen hatte.

Die Mutter: „ Na hörst du denn heute gar nicht zu? Ich bin befördert worden. Ich bekomme bald mehr Geld." Silvias Mutter schaute ihre Tochter fragend an und konnte nicht verstehen, dass sie nicht zu gehört hatte.

„ Und ich glaubte, dass du dich auch darüber freust. Du hast doch auch was davon, wenn wir mehr Geld verdienen.", sagte die Mutter und machte ein enttäuschtes Gesicht.

Silvia: „ Ja, natürlich freue ich mich darüber, Mama. Aber du musst entschuldigen, ich habe an die Schule gedacht, wir schreiben morgen eine Klausur." Silvia wurde etwas rot, weil es doch gar nicht stimmt.

Silvia ging nach dem Abendessen bald ins Bett. Sie wälzte sich hin und her. Sie konnte nicht einschlafen und dachte daran, dass sie vielleicht auch mal einen so schönen Brief bekommen könnte. Endlich schlief Silvia ein. Sie träumte davon, eine sehr schöne junge Frau zu sein, die von einem schönen jungen Mann verehrt wurde, sie bekam Blumen und Briefe. Als sie den ersten Brief öffnen wollte, hörte sie die Stimme ihres Vater, der da sagte: „ Silvia, es ist Zeit, du musst aufstehen. Du kommst zu spät zur Schule, dass Frühstück seht schon auf dem Tisch."

Silvia konnte nicht verstehen, von wo da ihr Vater plötzlich herkam, aber dann merkte sie, dass sie noch im Bett lag und alles nur geträumt hatte.

Silvia stand auf und ging ins Bad. Der Vater rief ihr noch zu: „ Du musst nun alleine Frühstück machen, ich muss jetzt zur Arbeit. Beeile dich, sonst kommst du zu spät." Silvia hörte noch, wie ihr Vater die Tür hinter sich zuklappte. Als sie aus dem Bad kam, nahm sie ihr Brötchen, welches ihr der Vater schon vorbereitet hatte gleich im Stehen in die Hand und biss ab. Sie trank dann noch einen Schluck Milch. Silvia nahm ihren Schulranzen, die Brote für die Schule und lief los.

Silvia lernt Antonio kennen

Heute war in ihrer Schule ein neuer Schüler angekommen.
Silvia sah ihn mitleidig an, er stand genau so wie sie vor
längerer Zeit, ziemlich hilflos auf dem Schulhof und wusste
nicht, wo er seine Hände lassen sollte. Die Kinder gingen
alle in Ihre Klassen. Da betrat die Lehrerin, Frau Baumann,
das Klassezimmer. Alle waren still geworden. Sie begrüßte
die Klasse und sagte: „ Ich möchte euch Antonio
vorstellen, er ist zwar eine Klasse weiter als ihr hier, aber
wir haben dort keinen Platz für ihn, so wird er seine
Gastrolle in dieser Klasse bekommen. Er ist vorige Woche
in unsere Stadt gezogen. Seine Urgroßeltern hatten hier
einmal gewohnt. Aber ich glaube, er wird es euch selber
einmal erzählen. Aber er wird nicht für immer hier bleiben,
wie ich euch schon sagte, er gibt nur eine Gastrolle in
unserer Stadt. " Silvia sah Antonio an und war sehr erfreut
darüber, so einen schönen Jungen in ihrer Klasse zu haben.
Als die erste große Pause kam, ging Silvia zielstrebig auf
Antonio zu und fragte ihn: „ Wieso bleibst du nicht für
immer hier?"
Antonio: „ Ich bleibe nur über den Winter hier, wir müssen
im Frühjahr wieder weiter."
Silvia: „ Wieso weiter?"
Antonio: „ Ich gehöre zu einer Zirkusfamilie und wir haben
hier unser Winterquartier."
Silvia war ganz aufgeregt: „ Und euer Winterquartier ist
hier?"
Antonio: „ Ja, schon seit mehr als einhundert Jahre ist es
so. Schon meine Urgroßeltern hatten hier ihr
Winterquartier, das ist Tradition."
Als der Unterricht zu Ende war, lief Silvia schnell nach
Hause, denn sie wusste, heute war ihre Mutter zu Hause,
wenn sie nach Hause kommt.

Silvia kam ganz atemlos zu Hause an und rief ihrer Mutter schon im Treppenhaus zu:
„ Mama, Mama, du glaubst es nicht. In meiner Klasse geht jetzt ein Junge, der ist aus dem Zirkus."
Die Mutter: „ Nun komm erst mal rein und zieh dich aus, dann kannst du erzählen."
Als Silvia ins Wohnzimmer kam, saß eine Frau dort im Zimmer, die Silvia noch nie in ihrem Leben gesehen hatte.
Silvia sah die Frau an, gab ihr die Hand und sagte: „ Guten Tag, ich bin Silvia."
Die Frau reichte ihr auch die Hand und sprach: „ Guten Tag Silvia, ich bin Ramona Bernadoni."
Silvia schaute sie ganz verwundert an und sagte: „ Antonio sein Nachname ist auch Bernadoni."
Die Frau lächelte Silvia an und sagte: „ Ja, Silvia, Antonio ist ja auch mein Sohn. Du wirst dich nun fragen, warum ich hier bin."
Silvia nickte und sagte: „ Ja, warum?"
Frau Bernadoni sah Silvia an und sagte: „ Also, in diesem Haus ist von meinem Mann, der Urgroßvater geboren, sein Name war auch Antonio. Seine Urgroßmutter, bestand darauf, dass ihr Ururenkel auch Antonio heißen sollte."
Frau Bernadoni sah ganz verträumt vor sich hin und sagte: „ Ja, unsere Urgroßmutter Josefine und Antonio, sie waren ein sehr schönes Paar. Mein Schwiegervater sah genau so aus, wie unser Urgroßvater, er hatte pechschwarze Locken und die Augen waren fast schwarz.
Unsere Urgroßmutter hatte ganz blonde Haare, so wie du und himmelblaue Augen."
Silvia sah die Frau an, sie hatte auch blonde Haare, aber ihre Augen waren ganz dunkel.
Silvias Mutter: „ Stell dir vor, Frau Bernadoni arbeitet in einem Zirkus, der jedes Jahr hier seine Winterferien macht."

Silvia: „ Ja, Mama, ich wollte dir doch auch von einem Jungen erzählen. Ich wollte dir doch gerade sagen, dass Antonio in einem Zirkus wohnt."
Frau Bernadoni: „ Ja, Antonio ist mein Sohn."
Silvia schaute Frau Bernadoni an und fragte: „ Warum wohnen sie nicht hier?"
Frau Bernadoni: „ Ich bin in das Haus meiner Eltern gezogen. Es ist nur ein paar Straßen weiter."
Silvias Mutter: „ Silvia, nun frag doch nicht soviel. Frau Bernadoni wird schon alles Mal erzählen. Ich jedenfalls freue mich, dass wir sie kennen gelernt haben und sie können zu jeder Zeit und Stunde hier mal vorbei schauen. Es wäre schön, wenn sie mal kommen und mein Mann ist auch zu Hause. Bringen sie doch ihre Familie auch mit."
Silvia war ganz aufgeregt, dass auch Antonio mitkommen würde. Ihr gefiel er sehr.
Sie nahm ihren ganzen Mut zusammen und sagte zu Frau Bernadoni: „ Kommt Antonio denn auch mit?"
Frau Bernadoni: „ Ja, selbstverständlich kommt Antonio auch mit."
Nach dem Frau Bernadoni, mit der Familie Kaffeegetrunken hatte und alle in der Zwischenzeit sich auf ein Du geeinigt haben, somit sie sich auch mit den Vornamen ansprechen konnten, verabschiedete sie sich und Silvias Mutter sagte: „ Silvia, bitte bring Frau Bernadoni zur Tür."
Frau Bernadoni sagte zu Silvias Mutter: „ Danke für alles und bis bald Karla."
Silvias Mutter: „ Ja, mach`s gut und bis dann Ramona."
Silvia brachte Frau Bernadoni zur Tür und verabschiedete sich von ihr. Da sagte Silvia noch zu ihr: „ Ihre Urgroßmutter hieß Morena, stimmt das?"
Frau Bernadoni: „ Ja, ... woher weißt du das?"
Silvia: „ Ach, ich hatte es, glaube ich, nur so mal gehört."

Als Silvia wieder in die Küche kam, sah ihre Mutter sie
lächeln an und fragte: „ Antonio gefällt dir wohl?"
Silvia: „ Wie kommst du darauf, Mama?"
Die Mutter: „ Na, du hast doch Ramona gefragt, ob
Antonio auch mitkommt."
Silvia merkte, dass ihr etwas warm im Gesicht wurde und
sagte: „ Ach so,........ ich hatte nur so gefragt,.......... damit
ich nicht so alleine bin. Ich weiß doch nicht, was ich alleine
machen soll."
Die Mutter lächelte nur und sagte: „ Ja, ich finde Antonio
auch sehr nett."
Silvia schaute ihre Mutter an und fragte: „ Woher kennt du
denn Antonio?"
Die Mutter: „ Na, als du heute früh zur Schule gegangen
bist, war Ramona mit Antonio hier.
Ich hatte ihn nur kurz gesehen. Er ist dann von hier aus zur
Schule gegangen. Es ist für ihn bestimmt anstrengend, er
muss immer in eine andere Schule gehen. Aber es hat auch
was Gutes. Er kann sehr viele Sprachen. Ich glaube auch,
dass er ganz gut in der Schule ist. So, Silvia, jetzt musst du
aber bestimmt noch deine Schulaufgaben machen."
Silvia nickte. Sie rannte die Treppe hinauf, schaute in ihr
Hausaufgabenheft. Da standen nur Leseübungen drin.
Silvia lief den Boden rauf, nahm sich ein Lesebuch mit und
lief direkt zu dem Schrank, in dem sie die Briefe gefunden
hatte. Sie öffnete die Schublade und griff den Brief wieder,
den sie angefangen hatte zu lesen. Sie nahm den Brief aus
dem Umschlag und las von da an weiter, wo sie aufhören
musste.

..... wenn ich an Dich denke, dann klopft mein Herz bis
zum Hals. Sag Liebes, geht es Dir auch so?........

Da musste sie aufhören. Sie las nun weiter.

.... Bevor ich einschlafen kann, nehme ich immer dein Tuch in meine Hand, welches Du mir geschenkt hattest, und Deine wunderschöne Haarschleife. Sie duften so wie Du. Ich kann es kaum abwarten, bis ich Dich wieder sehen kann. Ich träume von Dir.

Schade, dass ich nicht um Deine Hand anhalten kann. Ich würde es gerne tun. Leider dürfen wir es nicht. Ich zähle die Tage, bis ich wieder bei Dir sein kann. Ich werde diesmal ein Zimmer in einem Hotel mieten, wo uns keiner kennt. Ich werde Dich verwöhnen.

Ich werde Deinen Körper liebkosen und küssen. Ich werde bald bei Dir sein.

Bis ich wieder bei Dir bin, denkst auch Du an mich.

In Liebe, Dein Salvatore

Silvia schaute noch einmal den Namen an und dachte so, wie so steht da eigentlich Salvatore, der Urgroßvater hieß doch Antonio. Aber leider konnte Silvia nicht weiter darüber nachdenken, denn sie hörte, wie ihr Vater kam und rief. „ Silvia, dass Abendessen ist fertig.

Als Silvia die Treppe herunter kam, fragte die Mutter: „ Wo warst du? Ich habe in dein Zimmer rein gesehen, aber du warst nicht da."

Silvia: „ Ach ja, ich war auf dem Boden, da war es so schön still. Da konnte ich in Ruhe lesen."

Vater: „ Hast du für die Schule gelernt?"

Silvia: „ Ja, natürlich."

Nach dem Abendessen ging Silvia auch bald in ihr Bett. Sie lag mit offenen Augen da und dachte, dass es doch schön wäre, wenn man so einen Verehrer hat. Sie dachte auch darüber nach, dass Ramona doch von einem Antonio erzählte, der der Urgroßvater von ihrem Mann war, wieso schreibt ihr dann ein Salvatore?

Weil Silvia nicht einschlafen konnte, wartete sie, bis sie hörte, dass ihre Eltern ins Schlafzimmer gegangen sind. Jetzt, konnte sie sich aus ihrem Zimmer schleichen und lief zum Boden hinauf. Sie öffnete die Schublade. Weil diese beim Öffnen laut knarrt, hob sie die Schublade ein wenig an. Sie hielt die Luft dabei an. Endlich, die Schublade war offen.

Silvia holte den ganzen packen Briefe raus. Sie öffnete gleich den nächsten Brief.

Es war ein Bild darin. Es war wieder ein schwarz-weiß Foto. Es war auch schon sehr vergilbt.

Es war ein Mann darauf zu sehen. Er hatte einen komischen Schnurrbart. Er war nach oben gedreht. So wie sie es auch schon mal aus alten Filmen kannte. Der Mann hatte schwarze Locken. Er stand da, mit einer Hand in die Jacke oben reingesteckte und die andere Hand auf dem Rücken. Komisch, er stand da, wie eine Säule. Aber er sah sehr gut aus. Da fiel ihr ein, wenn sie die Filme von Napoleon sah, der hatte auch seine Hand so in der Jacke und die andere Hand auf dem Rücken. Sie starrte das Bild an. Eigentlich wollte sie doch den Brief lesen, aber dieses Bild faszinierte sie so sehr, dass sie kein Auge davon abwenden konnte. Sie war mehr als nur fasziniert. Der Mann gefiel Ihr sehr gut. War sie etwa in ein Bild verliebt? Jetzt wurde Silvia aber so müde, dass sie doch ins Bett ging, ohne einen Brief zu lesen.

Am nächsten Tag in der Schule, verbrachte sie die Pausen mit Antonio.

Antonio: „ Ich freue mich, dass ich dich bald besuchen kann."

Silvia: „ Ja, ich auch. Was machen wir dann?"

Antonio: „ Warst du schon mal auf dem Boden bei euch?"

Silvia wurde es ganz heiß und sie dachte sofort, die Briefe! Sie versuchte aber ruhig zu bleiben und fragte: „Warum fragst du nach unserem Boden? Was soll ich da? Ist da was Besonderes?"

Antonio: „Ach nein, ich dachte nur." Er wurde etwas verlegen und schaute zur Seite.

Silvia: „Na, was bedrückt dich?"

Antonio: „Mein Großvater hat mir erzählt, dass mein Urgroßvater so eine besondere Uhr hatte. Ich dachte nur, dass du vielleicht diese Uhr gesehen hast."

Silvia: „Nein, was denn für eine Uhr? Was soll es denn für eine sein?"

Antonio: „Ich weiß es auch nicht. Irgendeine Uhr eben."

Als Silvia wieder nach Hause kam, war keiner zu Hause. Sie schaute auf die Wohnzimmeruhr und dachte, dass sie noch mehr als eine Stunde alleine ist, bis Mutter nach Hause kommt. Heute kommt Vater erst gegen Abend nach Hause. Sie lief so schnell sie konnte auf den Boden. Sie ließ ihren Schulranzen gleich im Flur fallen und ihre Schuhe blieben auch gleich am Eingang stehen. Als sie auf dem Boden ankam, schaute sie sich überall um, da war keine Uhr zu sehen. Sie lief wieder zu dem Schrank, in dem die Briefe in einer Schublade lagen. Sie nahm den Brief von gestern Abend wieder in ihre Hände. Da war wieder das Bild, welches sie gestern so fasziniert hatte. Sie nahm den Brief aus dem Umschlag und begann wieder zu lesen.

Liebste Josefine!

Es war wieder sehr schön mit Dir. Ich musste mich sofort, als ich wieder in meiner Kabine war, hinsetzen und Dir schreiben.

Ich fühle noch immer Deine Liebkosungen auf meinem Körper von Dir.

Sag Liebes, geht es Dir auch so wie mir. Ich habe, kaum dass ich von Dir weg bin, schon wieder Sehnsucht nach Dir. Bei meinem nächsten *Landgang,* bin ich wieder zu Hause. Ich darf gar nicht daran denken. Wenn ich doch nur wieder bei Dir sein kann. Aber leider, warten Frau und Kinder auf mich. Es fällt mir immer schwerer. Wenn ich zu Hause bin, zu meiner Frau nett zu sein. Bei den Kindern ist es anders. Wenn sie da sind, dann bin ich unbeschwerter. Sie sind aber, wenn ich nach Hause komme nur noch zwei Tage zu Hause, dann müssen sie wieder in ihr Internat zurück. Dann muss ich mit meiner Frau alle Dinners wieder mitmachen.

Was schreibe ich Dir da überhaupt, es interessiert Dich bestimmt nicht, welche Sorgen ich habe. Ich wollte eigentlich nur an Dich denken. Man kann aber nicht aus seiner Haut raus.

Ich würde lieber heute als morgen zu Dir kommen. Aber Du weißt ja, als Kapitän hat man seine Verpflichtungen. Meine Frau als Baronin bestimmt auch. Ich hoffe ja immer, dass sie auch einen Liebhaber hat. Wenn ich ihr dies nachweisen könnte, dann wäre alles viel einfacher.

Liebste Josefine, ich liebe Dich mehr als mein Leben. Wir müssen uns etwas einfallen lassen.

Mein liebster Schatz, ich muss den Brief jetzt beenden, denn ich muss auf die Brücke. Ich kann auch nachher nicht weiter schreiben, weil der Bote gekommen ist, der die Post mitnimmt.

Bis zum nächsten Brief und unser nächstes Wiedersehen, verbleibe ich in großer Liebe,

Dein Salvatore

Silvia legte den Brief zur Seite und ging die Treppe nach unten. Sie musste doch noch alles aufräumen, bevor Mutter nach Hause kommt.

Sie ging wie eine Traumwandlerin und dachte nur noch an diesen Brief, den sie soeben gelesen hatte. Es war bestimmt sehr traurig, was die Beiden da durchmachten.

Nun kam der Tag, da kam die ganze Familie Bernadoni. Alle saßen am Tisch und erzählten ganz angeregt. Silvias Vater wollte wissen, wie sie denn zum Zirkus kamen.

Antonios Vater berichtete, dass der Zirkus schon in der dritten Generation seiner Familie gehört.

Er sagte: „ Mein Urgroßvater, Antonio Bernadoni war schon in diesem Zirkus tätig. Dann kam mein Großvater, Ramon, übernahm dann den Zirkus. Danach war mein Vater Silvio, der die Geschäftsleitung übernommen hatte. Jetzt bin ich an der Reihe. Mal sehen, ob mein Sohn Antonio, auch einmal die Geschäftsleitung übernimmt. Dazu muss er aber erst mal ordentlich lernen und heiraten. Man braucht schon eine Frau, die sich auch um alles mit kümmert, so wie meine Ramona."

Ramona: „ Ja, wenn ich aber meinen Enrico nicht hätte, dann könnte ich es auch nicht schaffen. Ich denke mal, dass unser Antonio auch in die Fußstapfen von seinen Vorfahren tritt und die Nachfolge antritt. Obwohl er ab und zu einmal in die andere Richtung unserer Familie tappt, so wie der Bruder von Enricos Urgroßvater."

Silvia: „ Wie, Bruder vom Urgroßvater? Was hat er denn gemacht?"

Enrico: „ Ja, mein Urgroßonkel, der war Kapitän."

Silvia: „ Und wie war sein Name?"

Die Mutter von Silvia: „ Silvia, man darf nicht so neugierig sein." Sie sah Silvia sehr streng an.

Enrico: „ Aber das macht doch nichts." Er sah zu Silvia rüber und sagte: „ Er hieß Salvatore. Er war ein sehr geheimnisvoller und sehr gut aussehender Mann. Er ging immer kerzengerade und saß auch auf dem Stuhl ohne Lehne sehr gerade, eben wie ein Offizier."

Silvia: „ War er auch verheiratet?"

Enrico: „ Ja, er hatte eine Frau und zwei Kinder."

Ramona: „ Dein Urgroßvater und Onkel Salvatore, sahen sich sehr ähnlich. Man hätte sie verwechseln können."

Enrico: „ Ja, aber nur, die Leute, die Antonio und Salvatore nicht richtig gekannt haben. Ihre Charaktere waren total verschieden. Antonio war ein sehr ruhiger Mensch, wenn er nur seinen Zirkus hatte, war er zufrieden. Onkel Salvatore trieb es immer raus. Er hat es zu Hause nie lange ausgehalten. Selbst wenn er Urlaub hatte, trieb es ihn hinaus auf die See. Ich bewundere seine Frau, Tante Sofia, dass sie es mit ihm so aushalten konnte."

Ramona: „ Ja, Urgroßmutter Josefine war ja auch so ein Typ, sie wollte nicht immer mit dem Zirkus mitreisen. Sie wollte immer zu Hause bleiben."

Enrico: „ Kann ich ja auch verstehen, denn als mein Großvater Ramon geboren wurde, hatte sie doch auch alle Hände voll zu tun. Es war auch eine viel schwerere Zeit als heute. Da konnte man, wenn man ein Kind hatte, nicht immer mit dem Zirkus von eine Stadt in die Andere herumziehen."

Silvias Mutter: „ Habt ihr denn alle noch kennen gelernt? Ich meine, eure Urgroßeltern?"

Enrico: „ Meine Urgroßeltern waren noch sehr jung, als sie meinen Großvater bekamen.

Mein Urgroßvater war 18 Jahre und meine Urgroßmutter war erst 16 Jahre."

Er holte tief Luft, dann sagte er: „ Mein Großvater Ramon, war auch 18 Jahre, als er und seine Frau, meine Großmutter Christin ein Baby bekamen, meine Großmutter war 17 Jahre. So war zu dieser Zeit, meine Urgroßmutter Josefine

erst 34 Jahre und mein Urgroßvater Antonio war 36 Jahre
alt. Dann ist Silvio mit 20 Jahren Vater geworden und seine
Frau war auch erst 18 Jahre, da bin ich geboren. Meine
Urgroßeltern waren da noch sehr jung. Josefine war erst 54
Jahre und Urgroßvater Antonio war auch erst 56 Jahre
Meine Großeltern waren zu dieser Zeit, meine Großmutter
35 Jahre und mein Großvater 38 Jahre alt."
Silvia staunte. Sie hatte den Mund ganz weit geöffnet und
schaute alle nach einander an.
Silvias Mutter: „ Hallo, Silvia, mach deinen Mund zu, sonst
kommen da noch Fliegen rein."
Silvia: „Durfte man denn das!"
Silvias Mutter was durfte man?"
Silvia: „ Na, mit 16 Jahren schon ein Baby bekommen?"
Enrico: „ Im Zirkus war dies nicht ungewöhnlich. Da kam
so was öfter vor."
Silvia: „ Sind sie auch so jung gewesen, als Antonio
geboren wurde?"
Ramona sah zu Silvia und sagte: „ Nein, ich war 25 Jahre,
als Antonio geboren wurde. Mein Mann war schon 30
Jahre alt. Da waren Urgroßmutter Josefine 84 Jahre und
Urgroßvater Antonio war schon 86 Jahre alt. Da hatte er
nur noch den Wunsch, dass sein Ururgroßenkel, Antonio
heißen soll. Er wollte, dass sein Name im Zirkus bestehen
bleibt und der Name Antonio Bernadoni erhalten bleibt."
Ramona sah zu Enrico und sie sahen sich an. Enrico sagte
noch: „ Ja, diesen Wunsch konnten wir ihm noch erfüllen
und dann ist er mit 88 Jahren, leider verstorben. Unsere
Urgroßmutter Josefine lebte noch ein paar Jahre. Sie
wurde 90 Jahre alt. Seit dem waren wir nicht wieder in
diesem Haus. Sieben Jahre hat es leer gestanden. Nun ist
unser Antonio schon 13 Jahre alt."
Der Abend verging wie im Flug. Silvia konnte auch nicht
immer abwarten, bis die Schule aus war, ihre Hausarbeiten

und alle Vorbereitungen für die Schule geschafft waren. Sie schlich sich nach all ihren Arbeiten immer und immer wieder auf den Boden und las die Briefe, die an Josefine gerichtet waren. Sie las die Briefe so gerne, dass sie immer wie im Traum dabei war. Sie nahm wieder einen der Briefe in die Hand begann zu lesen.

Liebste Josefine!

Die Zeit rückt immer näher und ich kann bald wieder bei Dir sein. Ich werde 2 Tage bleiben können. Wie verabredet, nehmen wir wieder ein Zimmer in diesem Hotel. Denke bitte daran, dass Du Dich nicht wieder versprichst, ich habe uns als Salvatore und Sofia Bernadoni eintragen lassen. Du weißt, sie wollen immer meinen Ausweis sehen und da steht nun mal Sofia und nicht Josefine drin.
Ach ich freue mich ja so sehr auf unser Wiedersehen. Hoffentlich merken Deine Eltern nichts davon. Ich denke mal, dass Du Dir was einfallen lässt, wo Du die 2 Tage bist. In Gedanken streichele ich Deine weiße Haut, Deine roten Lippen und ich kann mich nicht satt sehen, an Deine blauen Augen und Deinen schönen langen blonden Haare, wenn es über Deine nackten Schultern wallt, den Rücken lang runter. Ich habe noch nie so schöne blonde Haare gesehen. Deine Haut ist wie Samt. Ich liebe alles an Dir. Deine Hände, Deine kleinen zierlichen Füßchen, eben alles. Ich werde Dich verwöhnen. Ich hoffe Du freust Dich auch auf mich.
Bis wir uns wieder sehen, verbleibe ich in großer Liebe zu Dir,

Dein Salvatore

Als Silvia den Brief zur Seite legte, bemerkte sie, dass sie ganz heiß im Gesicht war. Sie lief ins Bad und wusch sich ihr Gesicht mit kaltem Wasser. Es wurde nicht anders. Da, sie hörte, wie ihre Mutter das Haus betrat und Sie rief: „ Silvia, wo bist du?"

Silvia rief aus dem Bad: „ Ich bin hier. Ich musste mich etwas frisch machen. Ich habe bei meinen Hausaufgaben richtig geschwitzt."

Die Mutter: „ Na, dann komm mal. Vati wird auch bald kommen."

Es fiel ihr immer schwerer, von den Briefen, die sie in die Vergangenheit führten, wieder in die Gegenwart zu gelangen. Sie hörte oft nicht zu, wenn ihre Eltern mit ihr redeten.

Einmal sagte der Vater: „ Hallo, Silvia, ich rede mit dir. Sag mal, was ist in letzter Zeit mit dir los. Du hörst einfach nicht zu."

Silvia: „ Ja, doch Vati, ich höre dir zu. Was ist denn?"

Vater: „ Ich habe gestern mit deiner Lehrerin gesprochen, sie sagte mir, dass du im Unterricht nicht immer aufpasst und oft träumst. Deine Noten sind alle schlechter geworden. Was ist mit dir los?"

Silvia: „ Ja, ich weiß auch nicht. Ich muss wohl mehr lernen."

Der Vater: „ Das wird es wohl sein. Ich verstehe so wieso nicht, was du da immer auf dem Boden machst. Du bist doch kein kleines Kind mehr, das sich immer verkleiden will. Ich konnte es noch am Anfang verstehen, als wir hier her gezogen sind. Aber jetzt?"

Silvia: „ Ach weißt du Vati, ich habe da oben immer mehr Ruhe zum Lernen. Ich wollte mir da eine Ecke einrichten, die nur für mich ist."

Der Vater: „ Du hast doch aber ein ganzes Zimmer für dich alleine. Das wolltest du doch, oder nicht."

Silvia schaute ihren Vater an und sagte: „ Ja, natürlich, ich wollte immer ein Zimmer für mich, auch schon als ich kleiner war. Ich wollte es, damit ich spielen konnte. Jetzt aber spiele ich doch nicht mehr. Ich brauche zum Lernen Inspiration."

Der Vater: „ Das sollst du haben, aber seit dem du immer auf dem Boden rauf gehst, bist du viel schlechter in der Schule geworden."

Silvia sah den Vater bittend an und sagte: „ Ich verspreche dir, wenn ihr mich oben in Ruhe lasst, dann werde ich auch wieder besser in der Schule. Versprochen!"

Der Vater wiegte den Kopf hin und her, dann ging er in die Küche. Er kam noch einmal zurück, stand zwischen Küche und Flur, da sagte er: „ Silvia, wenn ich merke, dass du wirklich besser geworden bist, dann bekommst du eine schöne Stehlampe auf den Boden, damit du besser lesen kannst."

Silvia erschrak und stotterte: „ Wie, was, besser, ... besser, lesen?"

Der Vater: „ Na du musst doch lesen können, wenn du lernen willst, oder nicht. Oder wie lernst du?"

Silvia war erleichtert und sagte: „ Ach so, ja, natürlich lesen."

In den kommenden Tagen lernte Silvia, was das Zeug hielt. Sie paukte alles auswendig. Und siehe da, ihre Noten wurden deutlich besser.

Silvia bekam eine wunderschöne antike Lampe vom Vater auf den Boden gestellt, gleich neben dem alten Schaukelstuhl, den Silvia für sich schön zurecht gemacht hatte, mit einer Decke, die sonst auf ihrem Bett lag, wenn es immer etwas kühl geworden war, deckte sie sich mit dieser Decke zu.

Der Vater: „ Wie ich dir versprochen habe, hier hast du die Stehlampe."

Silvia: „ Wo hast du diese denn her?"

Der Vater: „ Ein Kollege von mir hatte die Wohnung von seiner Großmutter leer geräumt und hat alles in den Sperrmüll geworfen. Als er es mir erzählte, dass er noch eine sehr schöne alte Stehlampe hat, da hatte ich an dich gedacht.

Silvia: „ Oh Vati, ich freue mich sehr darüber und du sollst es nicht bereuen. Ich werde sehr fleißig sein."

Der Vater: „ Na, wir werden es sehen."

So vergingen die Wochen und auch Monate. Silvia hatte erst mal nur mit ihrer Schule zu tun. Sie hatte jeden Tag zu lernen. Antonio war auch wieder mit seinem Zirkus unterwegs.

Silvia brachte jetzt immer gute, bis sehr gute Noten nach Hause. Damit es auch nicht auffiel, ging sie immer zum Lernen auf den Boden. Sie erledigte nur alle Schreibarbeiten in ihrem Zimmer, weil es dafür in ihrem Zimmer bequemer war.

Immer wieder, wenn sie lernen musste, schaute sie zum Schrank, wo die Briefe in der Schublade versteckt waren, aber sie dachte nur immer, nein, jetzt muss ich erst lernen. Als es feststand, dass sie gute *Noten* auf ihrem Zeugnis haben wird, wagte sie sich wieder an die Schublade. Sie zog ganz wahllos einen Brief heraus und begann zu lesen.

Liebste Josefine!

Du hattest doch nun endlich meinen Bruder Antonio kennen gelernt. Nun müssen wir uns etwas einfallen lassen, dass Du mit ihm ein Verhältnis anfangen kannst. Er ist doch noch ledig und hat auch keine feste Freundin. Ich glaube auch, dass er sich in Dich verliebt hat.

Ja, liebste Josefine, mir tut es auch sehr weh, dass ich Dich mit meinem Bruder teilen soll.

Was aber sollen wir tun. Du erwartest ein Baby und ich darf nicht der Vater sein. Es kann nichts schief gehen, auch wenn das Baby mir ähnlich sehen sollte, mein Bruder sieht doch fast so aus wie ich. Du musst mir nur versprechen, dass es mit uns nicht zu Ende ist. Ich liebe Dich mehr als mein Leben. Mein Bruder ist doch immer mit dem Zirkus unterwegs und ich habe auch mal Landgang in Deiner Stadt. Unser Hotel, es soll für immer unsere Liebesburg sein. Auch wenn es nur ein oder zweimal im Jahr ist. Ich muss wissen, dass wir uns immer wieder sehen können. Versuche, dass Du in der nächsten Woche immer wieder in die Nähe meines Bruders kommst. Ich schicke Dir notfalls auch Geld, damit Du immer hinterher fahren kannst. Lass es ihn fühlen, dass Du es seinetwegen machst. Es sollte Dir nicht schwerfallen. Versuche doch bitte. Dass Du ihn dann auch so schnell wie möglich Deinen Eltern vorstellst, dann bekommst Du eben ein Siebenmonatsbaby. Glaube mir, dass geht.
Wir sehen uns bald wieder. Ich warte auf eine Antwort von Dir.

In Liebe, Dein Salvatore

Silvia musste den Brief zweimal lesen. Sie konnte nicht verstehen, was sie da gelesen hatte. Fragen konnte sie auch keinen. Es durfte doch keiner wissen, dass sie diese Briefe gefunden hatte. Es waren doch auch noch so viele Briefe. Vater oder Mutter, wenn sie das mitbekommen, dann dürfte sie diese Briefe bestimmt nicht weiter lesen.
Sie nahm nun noch einen Brief und begann wieder zu lesen.

Liebste Josefine!

Warum antwortest Du mir nicht mehr. Ich warte
sehnsüchtig auf Post von Dir. Ich weiß von meiner Frau
Sofia, dass mein Bruder eine feste Freundin hat. Sofia ist
glücklich darüber, weil es doch immer so aussah, als wenn
mein Bruder sich nicht für Frauen interessieren würde. Ich
glaube aber, er hat den gleichen Geschmack wie ich, denn
meine Frau erzählte mir, dass er so glücklich und verliebt
sei und dass sogar schon ein Baby unterwegs ist.
Antonio will ein Familientreffen organisieren, wo wir alle
daran teilnehmen sollen. Er will Dich der ganzen Familie
vorstellen.
Ich habe Angst davor. Ich weiß nicht, wie Du reagierst,
wenn wir uns vor allen unseren Angehörigen sehen werden.
Bisher waren wir doch immer nur alleine.
Ich bin auch etwas eifersüchtig, dass mein Bruder eine so
schöne Frau unserer Familie vorstellen darf. Schade, dass
ich es nicht machen durfte.
Liebste Josefine, ich bitte Dich, lass doch von Dir hören.
Oder liebst Du mich nicht mehr?
Wenn das Baby geboren wird, werde ich es bestimmt
erfahren, denn meine Frau freut sich darauf, dass sie Tante
wird. Also, ich erwarte eine Antwort von Dir.
Ich weiß auch nicht, ob wir uns vor Deiner Niederkunft
wieder sehen werden. Wenn es nicht klappt, dann bin ich
etwas traurig, denn ich würde gerne sehen, wie mein Kind
in Dir wächst.
Bis bald, in Liebe, Dein Salvatore

Nach diesem Brief war Silvia noch fassungsloser als zuvor.
Sie dachte darüber nach, wie dieser Salvatore mit seiner
Familie umging.

Nun kam die Zeit wieder, dass Antonio wieder in ihrer Stadt war. Er machte in der gleichen Schule wie Silvia, in die sie ging, sein Abitur. In den Pausen fragte er Silvia: „ Was hältst du davon, wenn wir mal miteinander ausgehen würden?"

Silvia erschrak über diese Einladung und sagte: „ Da muss ich erst mal drüber nachdenken."

Antonio: „ Denke nicht zu lange darüber nach, denn ich bleibe kein ganzes Jahr hier. Ich werde nach den Prüfungen wieder auf Reisen gehen. Was machst du eigentlich nach dem Abi?"

Silvia: „ Ich wollte eigentlich studieren."

Antonio: „ Was denn?"

Silvia: „ Betriebswirtschaft."

Antonio: „ Ich muss nach Berlin, ich gehe dort zur Artistenschule."

Silvia: „ Wieso? Du bist doch schon im Zirkus, kannst du noch nicht alles?"

Antonio: „ Nein, man kann nie alles. Ich will mal weiterkommen. Ich weiß auch nicht, ob ich im Zirkus bleiben werde. Vielleicht werde ich mal Ausbilder für Artisten."

Silvia: „ Interessiert du dich denn dafür?"

Antonio: „ Nein, aber ich muss in dieser Richtung etwas tun, damit meine Eltern mir nicht böse sind. Ich wollte eigentlich zur See. Das darf ich aber auf keinen Fall aussprechen dann wird es immer ganz still im Raum und alle sehen mich mit ganz erstaunten Gesichtern an."

Nun kam die Zeit und Antonio musste zur Artistenschule. Irgendwie vermisste Silvia tatsächlich ihren Antonio. Sie traute es sich aber keinem zu sagen.

Vor lauter Sehnsucht, die sie nach ihrem Antonio nun hatte ging sie immer wieder auf den Boden und nahm einen Brief nach dem anderen in die Hand.

Sie versuchte, dass sie auch immer die Reihenfolge einhielt.
Sie nahm also den nächsten Brief und fing an zu lesen.

Liebste Josefine,

ich freue mich, dass Du mir wieder geschrieben hast.
Ich war auch froh, dass Du Dir nichts hast anmerken
lassen, als wir uns vorgestellt wurden.
Mein Herz schlug mir bis zum Hals. Du hast dich prächtig
verhalten. Aber ich muss Dir schreiben, mein Herz tat mir
sehr weh.
Ich habe mich auch riesig über die Nachricht gefreut, dass
unser Sohn „Ramon" geboren wurde. Du hast ja nun auch
noch geheiratet. Verzeih mir, dass ich nicht bei Deiner
Hochzeit dabei sein konnte. Natürlich hätte ich kommen
können. Ich habe aber mit Absicht keinen Landurlaub
genommen. Ich hätte es nicht ertragen können, dass Du an
der Seite meines Bruders vor den Altar getreten bist. Ich
weiß auch nicht, wie es weiter gehen soll. Wie werden wir
den Alltag meistern? Ich habe es mir einfacher vorgestellt,
als ich Dich mit meinem Bruder bekannt gemacht hatte.
Ich sehe Deiner Antwort entgegen.
Bis bald, Dein Salvatore.

Als Silvia diese Zeilen las, konnte sie es jetzt besser
verstehen. Sie konnte es nun auch nachfühlen, was
Sehnsucht heißt. Immer wenn sie jetzt diese Briefe las,
stellte sie sich vor, es wäre ihr Antonio. Ob er auch so ein
guter Liebhaber ist? Sie kann es noch nicht wissen. Bis jetzt
haben sie sich nur mit ihren Augen berührt. Es war ein sehr
schönes aber auch schmerzhaftes Gefühl, wenn sie an ihn
dachte. Heimlich freute sie sich auch darauf, dass er bald in
den Ferien kommen würde.

Ramona, die Mutter von Antonio kam auch ab und zu einmal zu Besuch, bei Silvias Eltern.

Ramona konnte nicht mehr mit dem Zirkus mitreisen, so kam es, dass Enrico, der Vater von Antonio alleine mit dem Zirkus auf Tournee ging. Ramona erwartete noch ein Baby. Silvia hörte, wie sie zu ihrer Mutter sagte: „ Ach weißt du, es war ja nicht geplant. Aber jetzt bin ich ganz froh darüber, denn wenn Antonio Ferien hat, dann weiß er, wo er hinkommen kann, ich bin eben zu Hause. Ich glaube, er fühlt sich hier in dieser Stadt ganz wohl. Ich habe auch schon gemerkt, dass er gerne zu euch kommt."

Silvias Mutter: „ Ja, wir freuen uns auch immer sehr, wenn er kommt. Er ist ja ein netter Junge. Ich glaube, jetzt kann man schon sagen, ein netter junger Mann."

Silvia kam ins Wohnzimmer, wo die Beiden sich so angeregt unterhielten und machte sich bemerkbar, indem sie laut: „ Guten Tag", sagte.

Silvias Mutter: „ Ach Silvia, guten Tag mein Schatz."

Ramona: „ Guten Tag, Silvia." Sie wendete sich Silvias Mutter zu und sagte: „ Deine Silvia ist aber auch schon eine kleine nette Dame geworden."

Silvias Mutter: „ Ja, die Zeit vergeht und wir werden auch immer älter."

Silvia sah Ramona an und bemerkte, dass sie tatsächlich schon ein ziemlich rundes Bäuchlein hatte. Sie schaute ihr ins Gesicht und fragte: „ Wann ist es denn so weit?"

Ramona: „ In drei Monaten Silvia."

Silvia: „ Nun bleiben sie erst mal zu Hause, bis dass Kind da ist?"

Ramona: „ Ja, Silvia, ich werde zu Hause bleiben, bis das Kind drei Jahre ist. Denn mit einem Baby kann man nicht ständig unterwegs sein."

Silvia: „ Kommt Antonio in den Semesterferien hier her?"

Ramona: „ Ja, er freut sich schon darauf. Er hatte mir auch in seinem letzten Brief geschrieben, dass ich dir auch Grüße bestellen soll."

Silvias Mutter: „ Das ist aber lieb von Antonio." Sie sah zu Silvia rüber und Silvia wurde ganz rot. Die beiden Frauen sahen sich an und lächelten nur. Ramona überlegte und sagte nach einer kurzen Weile: „ Na vielleicht werden wir noch Verwandte?"

Silvias Mutter stotterte darauf: „ Na ....ehm ..., na, bloß nicht so schnell, damit haben wir ja wohl noch Zeit."

Silvia sah zu ihrer Mutter und sagte: „ Weißt du, wen ich mal wieder besuchen möchte?"

Die Mutter: „ Nein, woher soll ich es wissen?"

Silvia: „ Ich habe Angelika schon lange nicht mehr gesehen."

Die Mutter: „ Rufe sie doch einfach mal an und dann könnt ihr euch doch mal verabreden."

Silvia: „ Ja, aber ich möchte alleine mit ihr sprechen und wir haben immer noch kein Schnurloses Telefon."

Die Mutter: „ Habt ihr denn Geheimnisse? Aber gut, Ramona, komm, wir gehen mal in die Küche, ich wollte noch den Braten in die Backröhre schieben und dann können wir uns dort unterhalten. Und du kannst mit Angelika ungestört telefonieren. Aber, wenn es geht, nicht so lange."

Silvia: „ Ja, Mutti, nur mal ganz kurz."

Silvias Mutter und Ramona gingen in die Küche. Silvia nahm den Hörer und wählte die Nummer von Angelika ihren Telefonanschluss. Es ertönte ein Freizeichen. Dann eine weibliche Stimme: „ Ja bitte?"

Silvia: „ Angelika?"

Die Stimme am anderen Ende: „ Nein, hier ist die Mutter von Angelika. Wer ist denn dran?"

Silvia: „ Hier ist Silvia, kann ich Angelika mal sprechen?"

Angelikas Mutter: „ Ja, natürlich. .... Angelika, hier ist Silvia für dich."

Dann die Stimme von Angelika: „ Hallo, Silvia, ich habe ja schon lange nichts mehr von dir gehört. Wie geht es dir? Was machst du denn noch so?"

Silvia: „Ach, ich mache jetzt mein Abi und dann muss ich weiter machen, ich wollte doch Betriebswirtschaft studieren. Und was machst du?"

Angelika: „ Ja, ich mache ja nun auch mein Abi. Ich wollte Krankenschwester lernen. Mal sehen, ob es klappt. Wir müssen uns unbedingt mal wieder sehen. Man hat ja keinen Menschen, mit dem man sich so richtig unterhalten kann. Man kann nicht mal was Vertrauliches bereden, dann weiß es anschließend die ganze Schule. So eine Freundin, wie dich gibt es eben nicht immer."

Silvia: „Ja, mir geht es ebenso. Ich habe auch manchmal das Bedürfnis, mit jemanden über etwas zu reden. Man hat aber Niemanden, mit dem man sich hier mal austauschen kann. Wir müssen uns mal verabreden."

Angelika: „ Gut, ich habe nächstes Wochenende noch nichts vor. Wo treffen wir uns? Bei mir, oder bei dir?"

Silvia: „ Ich glaube, du kommst zu mir, ich habe mehr Platz und wenn du am Freitag kommen kannst, dann können wir bis Sonntag zusammen bleiben. Du kannst bei uns schlafen."

Angelika: „ Okay, machen wir so. Ich werde mal mit meinem Vater reden. Es kann sein, dass er mich bei euch vorbei bringen kann. Also, bis nächstes Wochenende. Tschüss!"

Silvia: „ Ja, mach's gut, bis dann."

Silvia legte den Hörer auf und dachte darüber nach, ob sie mit Angelika noch über alles reden kann. Schließlich haben sie sich schon lange nicht mehr gesehen. Sie sagte leise vor sich hin: „ Werden wir mal sehen."

Silvias Mutter: „ Was willst du mal sehen?“
Silvia: „Ach nur so, wir haben uns doch schon lange nicht
mehr gesehen. Am Freitagnachmittag, da kommt Angelika
und dann kann sie, wenn sie darf auch bis zum Sonntag
bleiben.“
Die Mutter: „ Ja, natürlich kann sie bleiben. Ich freue mich,
wenn ich sie mal wieder sehen kann.“
Silvia konnte die ganze Nacht nicht schlafen. Sie dachte
mal an Angelika und dann wieder an Antonio. Ob sie mit
Angelika darüber reden kann?
Sie muss gegen morgen eingeschlafen sein. Sie erschrak, als
der Radiowecker sie mit lauter Musik wach machte. Ach,
sie muss ja zur Schule. Lust hatte sie überhaupt nicht mehr.
Sie dachte darüber nach, was sie tun könnte, um sich
abzulenken. Immer und immer wieder kreisten ihre
Gedanken um Antonio. War sie etwa verliebt in ihn?
Als erstes begegnete ihr Anne Katrin, vor dem Schulhof.
Anne Katrin: „ Du siehst ganz schön müde aus. Hast du
die Nacht durchgemacht?“
Silvia: „Nein, ich konnte nur nicht schlafen. Am Freitag
kommt meine Freundin zu Besuch, ich hatte sie sehr lange
nicht mehr gesehen.“
Anne Katrin: „ Was, wegen einer Freundin kannst du die
Nacht nicht schlafen? Wenn es wenigstens wegen einem
Jungen wäre, dann könnte ich es verstehen.“
Silvia erschrak und merkte, dass es ihr heiß im Gesicht
wurde. Sie neigte den Kopf nach unten und fragte: „ Wieso
denn wegen einem Jungen? Warst du denn schon mal
wegen einem Jungen die ganze Nacht wach?“
Anne Katrin lachte und sagte: „ Was denkst du denn? Ich
war mal unsterblich in den Marcel verliebt.“
Silvia: „ Ist das der Marcel, der voriges Jahr sein Abi
gemacht hat und nun von der Schule weg ist?“

Anne Katrin: „ Ja, wir waren mal ein paar Monate zusammen."

Silvia: „ Und?"

Anne Katrin: „ Na ja, ich hatte mir mehr versprochen. Er sieht zwar ganz nett aus und viele Mädchen haben mich um ihn beneidet. Aber leider ist mit ihm nicht viel los. Er ist eben kein richtiger Liebhaber."

Silvia bekam den Mund nicht zu, als sie Anne Katrin so reden hörte.

Anne Katrin: „ Mach deinen Mund zu, deine Milchzähne werden sonst noch sauer. Was guckst du so dumm aus der Wäsche? Hast du denn noch keinen Liebhaber gehabt? Ich dachte, du hattest was mit dem Antonio, du hast immer solche verklärten Augen bekommen, wenn du ihn gesehen hast und außerdem war er doch auch bei dir schon zu Hause."

Silvia: „ Mit seinen Eltern war er mal bei uns zu Besuch."

Anne Katrin: „ Das hätte ich wissen sollen, dann hätte ich mich an Antonio auch mal ran gemacht, ich hatte nur Rücksicht auf dich genommen. Ich dachte, er ist dein Freund. Er sieht doch aus, als wenn er ein richtiger Genießer wäre. Den hätte ich nicht von der Bettkante gestoßen.

Na ja, nun ist er ja auch nicht mehr da. Er geht doch jetzt irgendwo in Berlin zur Schule."

Silvia nickte und sagte: „ Ja, aber er kommt in den Semesterferien nach Hause."

Sie sah Anne Katrin sehr energisch an und sagte: „Lass ja deine Finger von ihm. Ich warne dich."

Anne Katrin schaute Silvia entsetzt an, schüttelte den Kopf und sagte: „ Ich denke, er ist nicht dein Freund?"

Silvia: „ Was nicht ist kann ja noch werden. Ich lasse mir eben Zeit damit."

Anne Katrin; „ Das verstehe wer will. Wenn man sich heut zu Tage nicht beeilt, dann steht man plötzlich alleine da. Du bist nachher alt und grau und hast dann keinen Menschen mehr. Wenn du erst mal den Anschluss verpasst hast, dann bekommst du nur noch die Jungs oder auch Männer, die keiner mehr haben will."

Silvia war schockiert, was Anne Katrin ihr sagte. Sie hätte nie gedacht, dass Anne Katrin so reden würde. Sie war doch im Unterricht eine Streberin. Sie war fast immer die Beste. Nun nicht genug, nun will sie wohl auch noch die "Beste" bei den Jungs werden. Na ja, gut sieht sie auch aus. Sie hatte schon eine viel bessere Figur als Silvia. Kein Wunder, dass die Jungs auf sie fliegen. Dem Unterricht konnte Silvia heute nur halbwegs folgen. Sie dachte über alles nach, was ihr Anne Katrin gesagt hatte und ihre Gedanken kreisten um Antonio. Was, wenn er ein nettes Mädchen in Berlin kenne lernt. Ja, was sollte sie denn machen, sie konnte sich ihm doch nicht an den Hals werfen. Mädchen warten doch immer bis sie von den Jungs angesprochen werden. Oder sollte es altmodisch geworden sein, dass ein Junge um ein Mädchen wirbt? Es wäre schade, wenn es so ist. Sie stellte es sich vor, wie es vor vielen Jahren war. Da fiel ihr wieder ein, dass sie sich doch mal wieder die Zeit nehmen sollte und auf dem Boden nach den Liebesbriefen sehen sollte.

So kam es, dass Silvia heute wieder mal auf den Boden gehen könnte und sich einen von den Liebesbriefen an Josefine in die Hand nehmen könnte. Es könnte sie auch keiner stören, denn Mutter und Vater kamen vor 19.00 Uhr heute nicht nach Hause. Auf dem Küchentisch lag ein Zettel, auf dem von der Mutter geschrieben stand:

Hallo liebe Silvia,

im Kühlschrank steht Dein Mittagessen. Du musst es Dir
nur warm machen.
Kommen heute vor 19.00 Uhr nicht nach Hause.

 Deine Mama und Gruß vom Vati

Also, es ist noch genügend Zeit, bis die Eltern nach Hause
kommen. Sie machte sich ihr Mittagessen warm, setzte sich
an den Küchentisch und aß ein wenig davon. Sie räumte
anschließen alles in den Geschirrspüler und ging auf den
Boden.
Sie nahm den nächsten Brief in die Hand, so wie die
Reihenfolge auch sortiert war.

Liebste Josefine,

ich habe mich sehr über deinen Brief gefreut. Wenn
Antonio wieder unterwegs ist und du bist zu Hause, dann
könnten wir uns doch wieder treffen. Ramon kannst du
mitbringen. Ich habe schon ein Zimmer bestellt. Eine
Kinderfrau für 5 Stunden habe ich auch schon. Wir können
uns also viel Zeit lassen. Ich sehne mich nach Deinem
Körper. Es ist so anregend, den Duft deiner Haare wieder
in meiner Nase zu haben. Wenn ich zu Hause, bei Sofia
bin, dann versuche ich mir immer vorzustellen, dass Du es
bist, aber es geht auch nicht mit geschlossenen Augen. Es
ist eben anders, als mit Dir. Ich werde die Zeit mit Dir
genießen, denn es muss dann mindesten für 6 Monate
anhalten. Ich gehe, wenn ich Dich verlassen werde, auf eine
sehr weite Reise.

Also, bis bald, mein liebster Schatz. In Gedanken bin ich immer bei Dir und ich hoffe, dass auch Du immer an mich denkst.

 Dein Salvatore

Als Silvia diese herzzerreißenden Zeilen las, wiegte sie sich in Träumen, bei ihrem Antonio zu sein. Ob er wohl auch so ein Romantiker ist. Es wäre natürlich ganz in ihrem Interesse.

Silvia fand es sehr schade, dass sie nicht in diesem Jahrhundert geboren war, wo sie so umworben werden konnte. Sie wühlte in den Schubladen und suchte, nach was sie suchte, weiß sie nicht. Sie hatte nur das Gefühl, sie muss etwas suchen. Es waren alte Broschen und Ohrringe, die ihr da in die Hände fielen und dann, so glaubt sie. Muss es auch so Haarschmuck sein. Es waren so Klemmen, mit Verzierungen und Haarnadeln. Und kleine krumme Kämmchen. Da fiel ihr wieder das Bild in die Hände, von Salvatore. Es stand auch auf der Rückseite des Bildes, *„In Liebe, Dein Salvatore".*

Silvia betrachte das Bild und fand, wenn er keinen Bart hätte und etwas jünger wäre, sähe er aus, wie ihr Antonio. Sie machte einen tiefen Seufzer und sagte ganz leise vor sich hin: „ Ach ja, Antonio" Wie so hatte sie so ein kribbeln im Bauch und so ein schmerzendes Gefühl im Herzen? Ist das etwa Liebe? Kann es sein, dass sie sich verliebt hat. Silvia räumte alles wieder weg und ging nach unten. Es ist schon ziemlich spät geworden und die Eltern kommen auch bald nach Hause. Sie ging in ihr Zimmer und versuchte sich in ihre Schulbücher rein zu denken. Es fiel ihr sehr schwer.

Endlich war es Freitag geworden und am späten Nachmittag sollte doch Angelika kommen.

Sie quälte sich durch den Unterricht. Die Stunden kamen ihr wie Tage vor.

Silvia kam nach Hause und da war Angelika schon bei ihr zu Hause. Sie saß mit Silvias Mutter im Wohnzimmer und erzählten. Als Silvia das Wohnzimmer betrat, sprang Angelika auf und die beiden Mädchen fielen sich um den Hals.

Angelika: „ Es ist schön, dass ich dich endlich wieder sehen kann. Es ist eine Ewigkeit her, als wir uns das letzte Mal gesehen haben."

Silvia: „ Ja, das stimmt. Wir haben uns schon lange nicht mehr gesehen. Komm, wir gehen in mein Zimmer."

Die Mädchen gingen in Silvias Zimmer. Sie sahen sich Beide erst mal an.

Angelika: „ Du hast dich verändert. Bist erwachsener geworden."

Silvia: „ Du aber auch. Du bist ein richtiges Fräulein geworden, nicht mehr so kindlich."

Angelika: „Und, was hast du so gemacht, in der letzten Zeit?"

Silvia: „ Na was soll man schon machen? Zur Schule gehen, aufs Abi vorbereiten. Im Haushalt helfen, denn meine Eltern müssen jeden Tag arbeiten. Vater kommt auch nicht jeden Tag nach Hause. Er muss ab und zu mal auf Dienstreise gehen. Na ja, und so weiter. Und du?"

Angelika: „ Ach man hast du es gut, deine Eltern sind nicht immer zu Hause. Meine Mutter geht nicht arbeiten und passt auf mich auf, alles was ich so mache. Man, da muss man sich manchmal was einfallen lassen, damit man mal ungestört sein kann."

Silvia:" Brauchst du nicht im Haushalt helfen?"

Angelika: „ Nein, meine Mutter macht alles alleine. Stell dir vor, ich würde etwas machen, ich mache doch ihrer Meinung nach alles falsch. Ich wollte mal die

Waschmaschine beladen und anstellen. Was meinst du, ich stecke doch schon die Wäsche falsch rein. Du kennst doch meine Mutter. Da muss alles nach Plan gehen. Da wird nicht nur die Wäsche nach der Temperatur und Farbe sortiert. Da muss man auch die Reihenfolge einhalten, wie sie in die Maschine kommt."

Silvia: „ Das glaub ich doch wohl nicht. Meine Mutter ist froh, wenn ich die Wäsche in die Maschine bringe und dann aufhänge oder manche Sachen in den Wäschetrockner bringe. Wenn ich die Wäsche auch noch zusammenlege, dann bin ich die Beste."

Angelika: „ Hast du denn überhaupt noch Freizeit?"

Silvia: „ Ja, natürlich. Die teile ich mir dann aber auch gründlich ein."

Angelika: „ Und, einen Freund?"

Silvia wurde rot und senkte den Kopf nach unten.

Angelika: „ Nun sag schon. Hast du einen festen Freund?"

Silvia schüttelte den Kopf. Angelika lehnte sich zurück, lächelte Silvia an und sagte: „ Das glaube ich dir nicht."

Silvia: „ Warum glaubst du mir es nicht?"

Angelika: „ Weil in unserem Alter, jedes Mädchen schon einen Freund hat, oder hatte."

Silvia: „ Hast du denn schon einen Freund?"

Angelika: „ Ja, natürlich. Erst hatte ich einen Freund, der war überhaupt nicht mein Geschmack. Aber jetzt habe ich einen Freund, der ist spitze."

Silvia: „ Und wann trefft ihr euch immer?"

Angelika: „ Na, ich sage zu meiner Mutter immer, dass ich eine Freundin besuchen gehe. Dann treffen wir uns im Park und manchmal gehen wir auch zu ihm nach Hause. Seine Eltern sind nicht immer zu Hause. Nun sag schon, du hast doch bestimmt einen Freund, einen heimlichen, mir kannst du es doch sagen, ich verrate dich auch nicht."

Silvia: „ Du kannst mir glauben, ich habe wirklich keinen Freund. Der mir gefällt, der ist in Berlin. Das ist soweit weg."

Angelika: „ Wer ist es denn? Warum suchst du dir einen aus Berlin, von dem hast du doch nichts und außerdem hat der da bestimmt schon eine Freundin."

Silvia fing an zu weinen.

Angelika: „ Aber du musst doch jetzt nicht weinen. Kann ich etwas für dich tun?"

Silvia: „ Nein, mir kann keiner helfen. Ich weiß auch nicht was ich tun soll. Ich habe mich in ihn verliebt. Ich glaube es jedenfalls."

Angelika: „ Da hat es dich wohl wirklich schwer erwischt. Wer ist es denn?"

Silvia: „ Er heißt Antonio. Er ging eine Zeitlang bei uns zur Schule. Er hat uns hier auch schon besucht, mit seinen Eltern. Jetzt geht er in die Artistenschule in Berlin. Ich muss immer zu an ihn denken. Ich kann in der Schule nicht mehr lernen. Ich bin in Gedanken immer bei ihm."

Angelika: „ Das ist ja furchtbar. Da müssen wir was tun. Da hilft nur eins. Du musst dir einen Ersatz suchen. Gibt es denn keinen Jungen, der dir gefällt, außer deinem Antonio. Woher willst du eigentlich auch wissen, ob er dich mag, hast du ihn denn schon mal gefragt?"

Silvia schaute Angelika ganz entsetzt an und sagte: „ Gefragt? Was soll ich ihn denn fragen?"

Angelika: „ Na, ob er dich haben will. Ob er dich als Freundin möchte? Aber ich sehe schon, du bist unsterblich in ihn verliebt. Was machst du aber, wenn er dich gar nicht will, wenn er schon eine feste Freundin hat. Dann siehst aber alt aus und wirst noch als alte Jungfer sterben. Wusstest du, dass die meisten einen Knall kriegen, wenn sie unglücklich verliebt sind? Such dir bloß schnellstens einen

Freund, es wird doch möglich sein, einen nach deinem Geschmack zu finden."

Silvia kam nicht mehr zu Wort. Sie staunte nur, was Angelika ihr da erzählte. Sie wusste nicht, was sie ihr antworten sollte.

Angelika: „ Kriegst du deinen Mund nicht mehr auf? Sag endlich was. Wenn du hier keinen vernünftigen Jungen findest, dann musst du eben zu mir kommen, Bei uns gibt es noch ein paar anständige und auch gutaussehende Jungen. Ich lade dich einfach zu übernächstes Wochenende zu uns ein und dann gehen wir los. Du wirst sehen, da findet sich bestimmt was."

Silvia schaute immer noch unglaubwürdig zu Angelika und sagte kein Wort.

Angelika: „ Weißt du, ich konnte mich überhaupt nicht entscheiden, wen ich von den Jungs nehmen soll. Ich hatte es nicht einfach. Wir finden auch was für dich."

Silvia war ganz durcheinander. Dann setzten sie sich an den Schreibtisch und Angelika versuchte, dass sie Silvia etwas helfen konnte, damit sie im Unterricht wieder mitarbeiten kann. Sie holten einiges an Stoff wieder auf, was Silvia nicht begriffen hatte.

Nach diesem anstrengenden Lernen, sagte Angelika: „ Und, was machen wir nun?"

Silvia zuckte mit den Schultern und sagte: „ Ich weiß nicht? Was meinst du denn?"

Angelika: „ Na ja, heute können wir nichts weiter machen, aber ich denke mal, dass wir morgen in die Disco gehen."

Silvia: „ Ich war noch nie in einer Disco. Ich weiß gar nicht, wo hier eine ist."

Angelika: „ Das bekommen wir schon raus."

Silvia: „Was werden meine Eltern sagen?"

Angelika: „ Das lass mal meine Sorge sein. Ich werde es schon machen. Wir müssen doch nicht so spät gehen. Das mache ich bei uns auch nicht. Wir können doch am Nachmittig gehen."

Silvia: „ Na gut. Ich denke mal, dass meine Eltern dann auch nichts dagegen haben, wenn wir wieder zeitig zurückkommen."

Der Abend war für Angelika wohl eher langweilig. Denn so, wie Silvia, bei den Eltern sitzt und mit ihnen zusammen Fernsehen schaut, so was ist Angelika nicht gewöhnt. Aber sie verkniff es sich, etwas in der Gegenwart, von Silvias Eltern zu sagen.

Am nächsten Morgen machten alle zusammen Frühstück. Der Vater von Silvia musste wieder los. Silvias Mutter konnte zu Hause bleiben und so fragte sie: „ So, und was machen wir heute?"

Angelika: „ Wie, was machen wir?

Die Mutter: „ Na, wollen wir vor dem Mittagessen noch was unternehmen, oder machen wir am Nachmittag etwas zusammen?"

Angelika: „ Na, ich dachte, dass ich mal mit Silvia um die Häuser ziehe und am Nachmittag gehen wir in die Disco."

Die Mutter: „ Ich gehe doch in keine Disco."

Angelika: „ Da brauchen sie ja auch nicht mitkommen. Silvia und ich können schon alleine gehen. Wir brauchen keine Anstandsdame. Wir können alleine auf uns aufpassen. Ich gehe jedes Wochenende alleine zur Disco."

Die Mutter von Silvia: „ Und was sagen deine Eltern dazu?"

Angelika: „ Na, was sollen sie sagen. Die sind froh, dass sie mal alleine einen Abend verbringen können."

Die Mutter: „ Wann kommt ihr dann wieder Heim?"

Angelika: „ Gegen zwanzig Uhr, kommen wir wieder nach Hause."

Die Mutter: „ Das geht ja."

Während die Mutter anfing aufzuräumen, zogen sich Angelika und Silvia an und gingen auf die Straße.

Angelika: „ Wo ist hier was los?"

Silvia: „ Ich weiß nicht. Wir können doch mal in die Einkaufsstraße gehen. Dort sind auch prima Modegeschäfte und Boutiquen."

Angelika: „Na wenn dir nichts Besseres einfällt, können wir es mal machen. Gibt es denn auch ein nettes Cafe?"

Silvia: „ Ja, dort haben wir auch ein nettes Cafe. Ich war mal mit meinen Eltern dort. Es ist aber schon lange her. Vater hat ja immer keine Zeit, er muss immer nur arbeiten."

Silvia und Angelika gingen in die Einkaufspassage. Es war ziemlich viel los so am Sonnabendvormittag. Sie liefen einmal die Straße hoch und einmal runter. Anschließend sagte Angelika: „ So, nun gehen wir erst mal ins Cafe. Ich lade dich zu einem Kaffee ein"

Silvia: „ Ich würde lieber einen Kakao trinken. Ich mache mir nicht viel aus Kaffee."

Angelika: „ Auch gut. Dann bekommst du eben deinen Kakao."

Angelika und Silvia setzten sich in das Cafe. Kaum saßen sie, kam ein Kellner und fragte:

„ Was darf es für die beiden Damen sein?"

Silvia fühlte sich ein wenig unbehaglich, so ohne ihre Eltern. Sie schaute Angelika an.

Angelika war ganz locker und sagte: „ Einen Kaffee und eine Tasse Kakao, bitte."

Der Kellner: „ Sofort, die Damen."

Silvia: „ Zu mir hat noch nie ein Erwachsener, Dame gesagt."

Angelika: „ Das kommt, weil du dich immer wie ein Kind benimmst. Du musst mehr Selbstvertrauen in dich setzen. Du bist jetzt erwachsen.

Silvia: „ Ja, dass kann schon sein. Aber ich muss mich erst daran gewöhnen, dass ich ohne meine Eltern weggehe. Wenn ich ohne meine Eltern mal weg war, dann nur mit meiner Klasse. Ich habe auch wenig Zeit. Ich muss zu Hause sehr viel im Haushalt helfen und dann die ganzen Aufgaben, die wir von der Schule bekommen. Es ist manchmal sehr viel. Ich beeile mich immer sehr, damit ich für mich auch mal Zeit habe, aber dann mache ich nur alles falsch."

Angelika: „ Na hast du denn keinen aus deiner Klasse, der dir helfen kann? Ich finde immer, wenn man die Aufgaben gemeinsam macht, dann hat man alles viel schneller im Griff und man lernt auch leichter. Weil, was der Eine nicht kann, dass weiß eben der Andere. So mache ich es."

Silvia: „ Nun ja, da ist Anne Katrin. Sie hat mir auch schon geholfen. Sie ist aber so anders."

Angelika: „ Was meinst du mit anders?"

Silvia: „ Na, anders als du und ich zum Beispiel."

Angelika: „ Na was denn zum Beispiel?"

Silvia: „ Ich kann es nicht erklären."

In der Zwischenzeit kam der Kellner: „ So, die Damen, einen Kaffee und einen Kakao, bitte sehr." Er stellte die Tassen hin und machte eine Verbeugung. Dabei sah er Angelika an und blinzelte ihr zu.

Silvia: „ Siehst du, warum hat er das jetzt gemacht?"

Angelika: „ Das weiß ich doch nicht. Frage ihn doch."

Silvia: „ Ich werde mich hüten. Ich will mich doch nicht blamieren."

Silvia bemerkte auch, dass Angelika mit einigen Jungs, die so in das Cafe rein kamen, mit den Augen flirtete. Silvia beobachtete es eine ganze Weile und dann sagte sie: „ Warum machst du das?"

Angelika schaute Silvia überrascht an und fragte: „ Was mach ich denn?"

Silvia: „ Na du schaust die Jungs alle an und blinzelst ihnen immer zu."

Angelika: „ Das bildest du dir nur ein. Ich schaue sie mir an, dass stimmt."

Dann plötzlich kamen zwei junge Herren an den Tisch von Angelika und Silvia.

Einer von Ihnen sprach: „ Ist denn hier noch Platz?"

Angelika: „Natürlich, bitte." Sie zeigte auf die zwei leer stehenden Stühle.

Die Beiden setzten sich. Sie sahen Beide ganz nett aus.

Der nach den Platz fragte, sagte noch: „ Wir haben euch hier noch nie gesehen. Seid ihr das erste Mal hier?"

Angelika: „ Ich bin zu Besuch hier, bei meiner Freundin Silvia." Dabei schaute sie zu Silvia rüber und deutete mit dem Kopf zu ihr."

Der junge Mann: „ Dich habe ich aber auch noch nie hier gesehen."

Silvia wurde verlegen und sagte mit dem Kopf nach unten geneigt: „ Ich habe wenig Zeit, um in ein Cafe zu gehen."

Der Andere: „ Dürfen wir euch zum Kaffee einladen?"

Angelika: „ Auf keinen Fall. Wir bezahlen unsere Getränke alleine."

Silvia fühlte sich nicht mehr wohl in dem Cafe und sagte ganz leise zu Angelika: „ Wollen wir nicht gehen?"

Angelika: „Ja, wenn du unbedingt willst."

Silvia: „ Ja, ich will jetzt gehen."

Angelika: „ Tut mir leid, aber wir müssen jetzt gehen. Vielleicht sehen wir uns noch einmal."

Als sie das Cafe verließen, sagte Angelika: „ Ich verstehe dich nicht? Warum wolltest du jetzt gehen?"

Silvia: „Ich kann es nicht erklären. Ich habe mich nicht wohl gefühlt."

Angelika: „Mit dir ist wirklich nichts anzufangen. Du wirst doch noch mal als alte Jungfer sterben."

Sie gingen wieder zu Silvia nach Hause.

Die nächsten Tage verliefen auch nicht viel anders und dann begann der Alltag wieder.

Silvia stürzte sich in ihre Schulaufgaben. Sie musste doch auch das Abi schaffen. Sie konnte plötzlich viel besser lernen. Nach einigen Wochen kam Ramona zu Besuch bei Silvias Eltern und sagte: „ Antonio kommt für drei Tage nach Hause."

Silvias Mutter freute sich mit Ramona und sagte: „ Ihr kommt doch sicher auch bei uns vorbei. Ich freue mich schon, wenn ich deinen Antonio wieder sehen kann. Er ist doch so ein netter Junge."

Ramona: „ Ja, selbstverständlich kommen wir. Er hatte auch schon nach Silvia gefragt, was sie so macht und er freut sich auch, wenn er euch alle wieder sehen kann."

Endlich kam der Tag. Antonio stand mit seiner Mutter vor der Tür. Sein Vater war wieder unterwegs, mit seinem Zirkus. Ramona's Bauch war auch schon ganz schön dick geworden.

Silvia machte die Tür auf. Ihr verschlug es fast die Sprache, als sie Antonio sah. Er ist noch schöner geworden. Ihr Herz schlug bis zum Hals. Sie gaben sich die Hände. Silvas Hände zitterten. Ob Antonio es bemerkt hatte? Sie gingen ins Wohnzimmer. Silvias Mutter hatte den Tisch im Wohnzimmer festlich gedeckt. Sie sagte: „ Ich muss meinen Mann auch entschuldigen, er kommt erst heute Abend."

Ramona: „ Das macht doch nichts. Wir können es uns doch auch gemütlich machen und außerdem ist mein Mann auch nicht da."

Silvias Mutter zu Antonio: „ Na, wie findest du es, dass sich bei euch Nachwuchs eingestellt hat?"

Sie wendete sich gleich noch zu Ramona und fragte: „ Wisst ihr denn schon, was es wird?"

Ramona: „Ja, ist es nicht herrlich, wir bekommen ein Mädchen."

Antonio: „Ja, dass müssen meine Eltern selber wissen. Sie sind ja nicht mehr die Jüngsten, wenn sie es sich zutrauen. Ich werde die meiste Zeit nicht zu Hause sein. Wenn ich meine Artistenschule beendet habe, gehe ich zur Armee."

Silvia erschrak darüber so, dass die Kaffeetasse umfiel. Zum Glück war noch kein Kaffee drin.

Die Mutter: „Kind, was machst du denn?"

Silvia war wutentbrannt und sagte: „Wann kapierst du endlich, dass ich kein Kind mehr bin."

Ramona sah Silvia an und sagte: „Aber Silvia, was ist denn mit dir los? So kenne ich dich doch gar nicht. Du bist doch sonst immer ein so zurückhaltendes Mädchen gewesen."

Silvia: „Ja, dass weiß ich, dass ist es ja eben. Ich bin kein Kind mehr."

Ramona: „Silvia, auch wenn du fünfzig bist, wirst du immer das Kind von deinen Eltern sein."

Antonio schaute zu Silvia, mit einem mitleidigen Blick und sagte: „Mach dir nichts daraus. Meine Mutter nennt mich auch immer noch Kind. Deine Eltern sollten sich auch Nachwuchs bestellen, dann haben sie ein anderes Kind, um das sie sich dann kümmern können."

Silvias Mutter: „Um Gottes Willen, dass fehlte noch, ich und noch ein Kind. Ich weiß jetzt schon nicht mehr, wo mir der Kopf steht, vor lauter Arbeit. Ich bin ja so stolz auf meine Silvia, sie macht so viele Arbeiten im Haushalt. Ohne Silvia würde ich dies alles nicht mehr schaffen."

Antonio: „Dann muss Silvia eben Nachwuchs kriegen."

Alle schauten Antonio fassungslos an.

Antonio: „Warum schaut ihr mich so entgeistert an. In unserer Familie war es doch Sitte, dass die Mädchen um die 16 Jahre alle ein Kind bekamen. Außer Mama natürlich."

Silvias Mutter: „ Also Silvia muss erst mal was lernen. Sie soll einen anständigen Beruf haben."
Silvias Mutter goss Kaffee in die Tassen und schnitt die Torte an. Es wurde ruhig in dem Zimmer.

Erste zarte Berührungen

Antonio sah ab und zu auch mal zu Silvia rüber. Als Silvia
es bemerkte, wurde sie rot. Zum Glück waren alle mit
ihrer Torte so beschäftigt, dass nur Antonio es bemerkte.
Er blinzelte Silvia zu und sagte: „ Wollen wir in dein
Zimmer gehen, damit sich die Damen besser unterhalten
können? Du kannst mir ja zeigen, was ihr jetzt in der
Schule macht."
Silvia: „ Ja, natürlich können wir in mein Zimmer gehen."
Silvia räumte noch den Tisch mit ab und sagte zu Antonio:
„ Gehe du schon mal vor, ich komme gleich nach."
Ramona: „ Die Kinder, sind sie nicht fleißig?"
Silvias Mutter: „ Ja, obwohl Silvia eine ganze Weile
Schwierigkeiten in der Schule hatte."
Ramona: „ Also, mein Antonio hat nur gute Noten. Er
kann doch, solange er hier ist, mit
Silvia lernen. Wenn die Beiden es möchten, natürlich."
Silvia: „Ich möchte schon."
Silvia ging in ihr Zimmer. Sie klinkte die Tür richtig ein,
damit sie auch nicht wieder von alleine aufgeht, was schon
mal passierte. Antonio saß auf Silvias Liege und hatte das
Mathematikbuch in den Händen.
Silvia: „ Magst du Matte?"
Antonio: „ Ja, ich mache es gerne."
Silvia: „ Ich komme da nicht immer mit."
Antonio: „ Willst du etwa jetzt Matte lernen?"
Silvia setzte sich neben ihn und zuckte mit den Schultern
nach oben.
Antonio legte den Arm um ihre Schultern und zog sie zu
sich heran.
Silvia bemerkte, dass sie wieder anfing zu zittern.
Antonio: „Hast Angst vor mir? Hat dich noch nie ein Junge
so angefasst?"

Silvia: „Nein, mich hat noch nie ein Junge so angefasst. Ich habe auch keine Angst vor dir."

Antonio berührte mit seinen Lippen ihren Hals. Ganz vorsichtig, sie fühlte es wie einen Hauch auf ihrer Haut. Sie bekam eine Gänsehaut am ganzen Körper und es kribbelte in ihrem Bauch. Antonio zog sie weiter an sich heran. Silvia hatte das Gefühl, als wenn sie schweben würde. Ohne zu überlegen, legte sie beide Arme um den Hals von Antonio und holte dabei ganz tief Luft.

Antonio: „ Gefällt dir das?"

Silvia: „ Ja, es ist sehr schön. Ich habe aber Angst, es könnte einer von unseren Eltern reinkommen."

Antonio liebkoste ihre Ohren und den Hals, dabei flüsterte er: „ Die haben jetzt keine Zeit."

Er griff mit beiden Händen in ihre Haare und küsste sie auf den Mund. Silvia kniff ihre Lippen zusammen. Antonio hörte nicht auf sie zu küssen und da, ganz ohne irgendein Wort, öffnete Silvia ihre Lippen und sie versank in seinen Armen. So vergingen einige Minuten und Antonio sagte: „ Bring deine Haare wieder in Ordnung und verteile ein paar Bücher auf den Tisch. Es könnte sein, dass sich jetzt bald jemand blicken lässt."

Silvia konnte sich kaum aufraffen, ihre Beine waren wie Gummi. Sie musste sich anstrengen, dass sie aufstehen konnte. Sie nahm eine Haarbürste, strich ein paar mahl übers Haar, sah in den Spiegel, der im Regal stand und sagte: „ Oh, wie sehe ich denn aus." Sie war ganz rot im Gesicht. Antonio machte das Fenster auf und sagte: „ Das legt sich wieder."

Silvia verteilte ein paar Bücher auf dem Tisch und setzte sich wieder zu Antonio. Antonio nahm das Mathematikbuch wieder zur Hand und als ob er es wusste, es klopfte ganz kurz an der Tür und da stand auch schon Silvas Vater im Zimmer.

Der Vater: „ Na, was macht ihr denn?"

Antonio: „ Mathematik."

Der Vater: „ Das ist gut, da braucht unsere Silvia auch Nachhilfe."

Antonio: „ Kein Problem. Wenn Silvia mit zu mir kommen würde, könnte ich ihr besser helfen. Ich habe noch gute Aufzeichnungen, mit denen sie besser lernen kann."

Der Vater schaute Silvia an und wusste nicht, was er in den ersten Minuten sagen sollte.

Silvia schaute ihn fragend an. Darauf sagte der Vater: „ Na gut. Wenn es denn hilft."

Silvia: „ Kann ich gleich mitgehen?"

Der Vater: „ Aber es gibt doch noch Abendessen."

Antonio: „ Wir haben zu Hause im Kühlschrank genug zum Essen. Macht ihr es euch nur gemütlich. Ich bringe Silvia nachher wieder nach Hause und hole meine Mutter hier ab."

Der Vater: „ Ich habe keine Einwände. Fragt eure Mütter."

Antonio ging ins Wohnzimmer und fragte: „ Verehrte Mütter, habt ihr was dagegen, wenn Silvia und ich bei uns zu Hause lernen? Es ist dort etwas ruhiger und ich habe bessere Aufzeichnungen als Silvia. Mutti, dich hole ich dann gegen elf Uhr ab und ich bringe Silvia wieder mit nach Hause."

Die beiden Frauen sahen sich an und Ramona sagte: „ Ja, ich bin einverstanden." Da blieb Silvias Mutter nichts weiter übrig als zu zustimmen.

Silvia zog sich eine Jacke über und sie gingen los. Vater schaute aus dem Fenster, als sie losgingen.

Antonio: „Dreh dich jetzt nicht um. Dein Vater schaut jetzt so lange hinterher, bis er uns nicht mehr sieht."

Sie gingen nebeneinander her, bis zur Ecke. Jetzt fasste Antonio, Silvia bei der Hand und sagte: „ Los, jetzt können wir schneller gehen."

Sie kamen vor dem Haus von Antonio an. Silvia war noch nie hier gewesen. Antonio schloss die Tür auf. Sie kamen in einen großen Flur. Antonio sagte: „ Oben ist mein Zimmer."

Silvia zog die Schuhe und die Jacke aus und lief nach oben. Antonio war gleich hinter ihr.

Er machte eine Tür auf und da erschien ein sehr großes Zimmer, Wie ein Wohnzimmer eingerichtet, mit Couch, Sessel und einem Computertisch mit einem Computer darauf.

Antonio griff Silvia um die Taille und zog sie auf die Couch. Das gleiche Spiel fing wieder an. Er küsste ihren Hals, dann die Ohren und dann den Mund. Silvia kniff nun ihre Lippen nicht mehr zusammen. Sie ließ es über sich ergehen. Sie versank wieder in seine Arme.

Er öffnete ihre Bluse. Zuerst wollte sie die Bluse zuhalten. Antonio strich ihr über den Busen und sie ließ alles über sich ergehen. Er öffnete die Bluse ganz und küsste ihre Brüste. Silvia klammerte sich an Antonio und stöhnte ganz leise vor sich hin.

Antonio: „ Gefällt es dir?"

Silvia: „ Ja, ich wusste nicht, dass es so schön sein kann."

Silvia und Antonio verbrachten eine wunderschöne Stunde zusammen. Silvia war noch nie in ihrem Leben so glücklich wie heute. Antonio machte auch eine Kleinigkeit zum Abendessen.

Silvia hatte überhaupt keinen Appetit. Antonio sagte zu ihr: „ Du musst etwas essen. Du wirst sonst zu schwach."

Silvia: „ Nein, ich möchte nicht. Nur ein Glas Wasser vielleicht."

Antonio räumte alles wieder ab und sagte: „ Wir müssen jetzt wieder gehen, sonst machen sich unsere Eltern noch Sorgen um uns. Meine Mutter muss ich auch wieder abholen."

Silvia: „ Schade, die Zeit ist so schnell vergangen. Können wir uns denn noch einmal treffen?"

Antonio: „ Ich wollte dir es noch sagen, ich bin noch zwei Tage hier. Dann sollte ich wieder zur Artistenschule. Ich gehe aber nicht mehr dort hin. Ich habe mich für ein Medizinstudium angemeldet. Ich will Medizin studieren. Ich kann dir aus diesem Grund nicht sagen, wann ich wieder komme."

Er sah Silvia mit großen Augen an und wartete auf eine Antwort. Sie aber sagte kein Wort.

Darauf sagte er zu ihr: „ Was machst du denn, wenn du dein Abi fertig hast?"

Silvia zuckte mit den Schultern. Sie sah ihn hinschmelzend an und sagte: „ Eigentlich wollte ich Betriebswirtschaft machen. Aber ich weiß nicht….., ich muss wohl in der Schule noch mehr tun. Ich habe im letzten halben Jahr sehr schlechte Noten bekommen."

Antonio: „ Du warst doch mal so gut in der Schule?"

Silvia: „ Ja, ich weiß. Ich kann machen was ich will, ich kann einfach nicht mehr."

Antonio: „Hast du denn keinen, der dir helfen kann?"

Silvia: „ Mal sehen."

Silvia und Antonio gingen wieder zu Silvias Eltern. Auf dem Weg schmiegte sich Silvia ganz fest an Antonio. Kurz bevor sie vor der Tür standen, fragte sie ganz leise: „ Ob wir Beide noch einmal so einen schönen Abend verbringen werden?"

Antonio: „ Mal sehen, ich werde dir schreiben, damit du weißt, wann ich wieder hier her komme."

Silvias Mutter machte die Tür auf und sagte: „ Da seid ihr ja endlich."

Antonio musste sich nicht erst ausziehen, denn seine Mutter nahm gleich ihre Jacke und sagte: „Wir können gleich gehen. Wir haben noch viel zu tun."

Sie verabschiedeten sich. Antonios Mutter sagte: „ Bis bald mal wieder Karla." Sie wendete sich zu Silvia: „ Mach's gut Silvia. Und kommt uns doch auch mal besuchen."
Silvias Mutter: „ Ja, wir kommen bestimmt mal Ramona. Und du Antonio, viel Erfolg in deiner Schule. Lass mal von dir hören."
Antonio nickte nur, dann wendete er sich an Silvia und sagte: „Wir hören bestimmt von einander und lerne fleißig in der Schule."
Silvias Mutter: „Das hörte sich so an, als wenn er eine Weile nicht mehr wieder kommt?"
Silvia: „ Ja, er fährt auch übermorgen wieder weg."
Die Mutter: „ Das verstehe ich nicht, ich denke er hat Semesterferien?"
Silvia: „ Ja, aber er bereitet sich auf ein Medizinstudium vor."
Die Mutter: „ Das macht er richtig so. Das ist wenigstens ein vernünftiger Beruf. So als Artist, dass kann man doch nicht sein ganzes Leben machen."
Silvia: „Schon, aber was werden seine Eltern dazu sagen."

Silvia bekommt einen Ausbildungsplatz

Die Wochen vergingen und Silvia machte nun auch ihr
Abitur. Sie war nicht so gut, wie sie es sich vorgestellt hatte.
Sie bewarb sich in einem Hotel, für die Ausbildung als
Hotelfachfrau.
Der Vater von Silvia war damit zufrieden. Er sagte zu ihr: „
Hotels wird es immer geben und diesen Beruf sicher auch."
Silvia wartete vergebens auf Post von Antonio. Sie ging
einfach zu Ramona. Zu ihren Eltern sagte sie: „ Ich werde
mal sehen, wann Ramona ihr Baby erwartet und ob wir ihr
helfen können."
Die Mutter: „ Das ist gut so. Frage sie doch mal, ob ich mal
kommen soll."
Silvia: „ Mache ich."
Sie kam bei Antonios Mutter an. Sie war nun schon ganz
schön rund geworden.
Sie freute sich über den Besuch von Silvia und sagte: „Ja, in
den nächsten Tagen müsste es soweit sein. Wir freuen uns
schon darauf. Endlich ein Mädchen."
Silvia: Ist ja herrlich. Und was sagt denn Antonio dazu?"
Ramona sah Silvia an und sagte: „ Stell dir vor, Antonio hat
seine Artistenschule aufgegeben und studiert jetzt."
Silvia machte so, als wäre sie darüber erstaunt und fragte: „
Und nun?"
Ramona: „ Ja, also, mir ist es egal. Im Gegenteil, ich freue
mich darüber. Aber mein Mann, er ist sehr enttäuscht. Wer
soll denn den Zirkus weiter Leiten? Er macht sich schon
sehr Gedanken darüber. Im Moment geht es ja noch, mein
Mann ist ja noch jung. Aber was passiert, wenn wir keine
Nachkommen mehr haben. Das Vermächtnis von unserem
Urgroßvater? Er würde sehr traurig sein, wenn er es erleben
würde, wie sein Zirkus untergeht."
Silvia: „ Ja, aber man kann doch keinen zwingen."

Ramona: „ Nein, dass bestimmt nicht. Mir hängt ja der Zirkus auch schon zum Hals raus. Mein Mann ist nie zu Hause. Ich frage mich, wie es damals Enricos Urgroßmutter verkraftet hat. Sie hatte ja noch nicht einmal ein Telefon. Die Post war auch ewig unterwegs. Sie soll sich nie beklagt haben. Ich kann es nicht verstehen. Mein Mann und ich telefonieren ja fast täglich miteinander. Ach ja, in zwei Tagen kommt mein Mann auch nach Hause. Er hat für diese Zeit eine Vertretung. Ich bin froh darüber."
Silvia: „ Hat denn Antonio schon was von sich hören lassen?"
Ramona: „ Ja, er hat schon mal geschrieben. Einmal hat er auch schon angerufen. Es kostet aber ganz schön viel und er hat wenig Zeit. Er muss soviel lernen. Na ja, ich bin schon froh, dass er nicht zur Marine gegangen ist. Es liegt ja wohl auch in der Familie. Vom Urgroßvater Antonio, der Bruder, der war wohl mal Kapitän. Ich habe nur gehört, dass seine Frau auch immer alleine war. Er kam so selten nach Hause. Er wird wohl in jedem Hafen eine Seemannsbraut gehabt haben."
Silvia: „ Kann ich denn mal die Adresse von Antonio haben? Ich würde ihm gerne mal schreiben."
Ramona: „ Natürlich, er wird sich freuen. Ich denke mal, er wird dir dann auch schreiben."
Silvia: Wenn du Hilfe brauchst, dann kannst du ja mal anrufen. Ich komme gerne und helfe dir und meine Eltern, so wie es die Zeit erlaubt, sicher auch."
Ramona: „ Ja Silvia, ich werde darauf zurückkommen."
Silvia verabschiedete sich von Ramona und ging wieder nach Hause. Nun endlich hatte sie die Adresse von Antonio und sie wollte ihm auch gleich schreiben. Sie ging in ihr Zimmer, nahm ein Blatt Papier und einen Stift. Sie überlegte nicht lange und fing gleich an zu schreiben.

Hallo, lieber Antonio!
Ich habe Deine Adresse von Deiner Mutter bekommen.
Schade, ich hatte immer gewartet. Du wolltest mir doch
schreiben?
Jetzt aber schreibe ich Dir, in der Hoffnung, dass Du mir
auch schreiben wirst.
Es wäre schön, wenn Du mir mitteilen könntest, wann du
mal wieder bei Deinen Eltern bist.
Ich habe Sehnsucht nach Dir. Geht es Dir nicht auch so?
Ich denke sehr oft an Dich.
Mein Abi habe ich auch gemacht. Ich habe nicht so gut
abgeschlossen, wie ich es mir vorgestellt hatte. Aber ich
habe eine Lehrstelle bekommen. Ich lerne in einem Hotel.
Ich werde also Hotelfachfrau. Wie findest Du dass?
Ich bin kein so guter Briefschreiber. Hoffentlich schreibst
Du mir trotzdem. So ein Brief von Dir, der würde mich
trösten. Die Nächte sind so einsam und ich kann nicht
immer sofort einschlafen. Ich bin in Gedanken immer bei
Dir.
So, ich mache jetzt Schluss für heute.
Ich denke immer an Dich. Ich liebe Dich.

Deine Silvia

Silvia legte ihren Stift zur Seite und las ihren Brief noch
einmal. Da dachte sie, dass sie noch viel mehr über ihre
Sehnsucht hätte schreiben können. Sie kam sich aber albern
dabei vor und so dachte sie, hat sie ihm doch mitgeteilt,
dass sie ihn liebt. Mal sehen, ob er auch antwortet.
Silvia klebte den Brief zu, sie schrieb die Adresse auf den
Umschlag und auf die Rückseite ihren Absender. Sie lief
schnell noch zur Post, kaufte eine Briefmarke und steckte

den Brief auch gleich ein. Auf dem Rückweg nach Hause, lief ihr Anne Katrin über den Weg. Silvia hätte sie nicht gesehen, so war sie in Gedanken versunken, doch Anne Katrin blieb vor ihr stehen und sagte: „ Hallo Silvia, du rennst hier rum wie ein Traumwandler."

Silvia erschrak und sagte: „ Ach du, Anne Katrin. Ich habe dich gar nicht gesehen. Wo kommst du denn her?"

Anne Katrin: „ Ich habe mir ein paar Klamotten gekauft. Ich gehe doch nächste Woche an die Uni und da braucht man doch ein paar schicke Klamotten."

Silvia: „ Hat es denn geklappt?"

Anne Katrin: „ Ja, ich studiere jetzt Jura."

Silvia: „ Fein, dann wünsche ich dir viel Glück."

Anne Katrin: „ Und was machst du?"

Silvia: „ Ach, ich werde Hotelfachfrau. Da hat man ja nachher auch viele Möglichkeiten."

Anne Katrin: „ Und was macht dein Antonio?"

Silvia: „ Ach der, ja, der studiert auch."

Anne Katrin: „ Na was denn? Ich habe gehört, er ist nicht mehr in der Artistenschule."

Silvia: „ Na er studiert jetzt Medizin."

Anne Katrin: „Na dann bist du bestimmt abgeschrieben. Der gibt sich doch mit keiner Hotelfrau ab. Sie nur mal, wie er aussieht. Dem werden die Mädchen in Scharen nachlaufen. Und wenn er erst mal Arzt ist, dann die vielen Krankenschwestern."

Bei dem Gedanken Krankenschwester, viel ihr ein, dass Angelika ja auch Krankenschwester werden wollte.

Silvia: „ Es gibt ja nicht nur Antonio und wer weiß, vielleicht liebt er mich?"

Anne Katrin: „So wie du rum läufst, bestimmt nicht. Da musst du dich etwas attraktiver gestalten und nicht wie eine aus der Provinz."

Silvia schaute an sich herunter und sagte: „ Wieso, wie ich rumlaufe? Ich bin doch ganz gut angezogen."

Anne Katrin: „ Ja, aber schau dich doch mal richtig an. Du gehst genau noch so angezogen, wie vor zwei Jahren, wie ein Kind und ohne Schminke. So geht doch ein Mädchen nicht auf die Straße."

Silvia: „ Na ja, wenn ich nicht nur einkaufen oder andere Besorgungen machen muss, dann ziehe ich mich auch anders an."

Anne Katrin: „ Ich gehe noch nicht mal zur Mülltonne, ohne mich zu schminken."

Silvia: „ Man kann es auch übertreiben."

Als Silvia nach Hause kam, stand ihre Mutter angezogen in der Tür und sagte: „ Eben hat Ramona angerufen, sie ist gerade ins Krankenhaus gekommen. Sie bekommt ihr Baby. Stell dir vor, es ist keiner zu Hause. Ich muss noch ein paar Besorgungen für sie machen. Hier habe ich die Telefonnummer von Antonio. Versuche du doch, dass du ihn anrufen kannst. Sage ihm, dass seine Mutter im Krankenhaus liegt. Ich habe ihn nicht erreicht."

Silvia: „ Ja, gut, ich versuche es gleich."

Die Mutter ging los. Silvia ihr Herz klopfte, nun konnte sie dort anrufen, von zu Hause und konnte ihm so eine wichtige Mitteilung machen.

Sie ging gleich zum Telefon und wählte die Nummer, die Ihr die Mutter gegeben hatte. Da war ein Freizeichen. Jetzt meldete sich eine Frau. Silvia konnte nicht den Namen verstehen, sie hatte nur was von Universität und Rezeption verstanden.

Silvia sagte laut in den Hörer: „ Ich muss dringend; Herrn Antonio Bernadoni sprechen."

Die Frau am anderen Ende: „ Wer spricht denn da?"

Silvia: „ Hier ist Silvia Schreiber."

Die Frau: „ Sind sie mit Herrn Bernadoni verwandt?"

Silvia: „ Nein, wir sind nicht verwandt, Meine Mutter ist eine Freundin von Herrn Bernadonis Mutter und sie ist ins Krankenhaus gekommen. Ich wollte es ihm mitteilen."

Die Frau: „ Ach so, er sagte schon, dass so ein Anruf mal kommen könnte. Ich werde ihn holen. Einen kleinen Moment bitte."

Es vergingen einige Minuten und im Telefonhörer ertönte irgendein Lied von Mozart. Es fing immer wieder von vorne an. Dann plötzlich war das Lied weg und Silvia hörte die Stimme der Frau wieder: „ Hallo Teilnehmer? Hier ist Herr Bernadoni. Ich übergebe."

Dann die Stimme von Antonio: „ Ja, hier Bernadoni. Wer ist am Apparat?"

Silvia: „ Hier ist Silvia. Ich wollte dir sagen, dass deine Mutter vorhin ins Krankenhaus gekommen ist. Meine Mutter hat mir deine Telefonnummer gegeben, ich sollte dir Bescheid sagen."

Antonio: „ Ach du, Silvia. Wie geht es dir denn?"

Silvia: „ Ach, mir geht es ganz gut. Und dir?"

Antonio: „ Danke, mir geht es auch ganz gut, muss viel lernen. Ich komme in 2 Wochen, von Freitag bis Sonntagabend nach Hause. Da wird wohl meine Mutter mit meinem kleinen Schwesterchen zu Hause sein."

Silvia: „ Sehen wir uns dann auch? Ich habe dir heute einen Brief geschrieben und abgeschickt. Du wolltest mir doch auch schreiben."

Antonio: „ Besser ist, wenn du zu uns kommst, denn wenn ich nur so kurz kommen kann und gehe dann auch noch weg, ist meine Mutter bestimmt traurig. Ja, besser du kommst zu uns."

Silvia: „ Ja, ich muss mal sehen, ob ich kann. Ich habe ja auch Schule und arbeiten muss ich ja auch schon."

Antonio: „ Ich muss jetzt Schluss machen, mein Unterricht fängt gerade an, Ich habe Anatomie, da darf man keine

Stunde oder Minute fehlen, sonst kommt man nicht mehr mit. Tschüss, Silvia. Man sieht sich." Tut tut tut tut tut…. tönte es im Hörer. Er hat aufgelegt. Das war alles. Silvia stand am Telefontischen und wusste nicht, was sie jetzt machen sollte. Ihr Kopf war total leer. Sie dachte, nächste Woche Freitag, bis Sonntag, das müsste doch zu machen sein, dass sie bei den Bernadoni's vorbei schaut.

Jetzt konnte sie wieder klar denken. Sie ging zum Kleiderschrank und sortierte ihre Sachen hin und her. Sie dachte, dass Anne Katrin wirklich Recht hatte. Die meisten Sachen, waren schon 2 Jahre alt. Da müssen neue Sachen her und Schminke, die könnte sie doch von ihrer Mutter nehmen. Es müsste doch zu machen sein, dass man sie auch als Frau anerkennt.

Während sie so darüber nachdachte und noch im Schrank wühlte, kam ihr Vater zur Tür rein und rief: „ Hallo, ist denn keiner zu Hause? Karla, Silvia, keiner da?"

Silvia: „ Vati, ich bin hier, in meinem Zimmer."

Der Vater kam in ihr Zimmer und fragte: „ Kind, was machst du denn da?"

Silvia: „ Vati, ich bin kein Kind mehr! Ich sortiere hier ein paar Sachen raus, die kann ich nicht mehr anziehen. Ich kann doch nicht in solchen Kindersachen, meine Ausbildungsstelle antreten"

Der Vater: „ Du hast Recht, Silvia. Aber trotzdem bleibst du immer mein Kind. Wir werden alle deine Sachen durchsehen, wenn deine Mutter dabei ist und dann sehen wir mal, was wir für dich kaufen können."

Silvia: „ Ja, gut, aber ich möchte meine Sachen alleine kaufen."

Vater: „ Silvia, das kannst du, wenn du selber Geld genug verdienst und alt genug bist."

Silvia: „ Was heißt hier alt genug? Ich habe keine Lust, immer nur die Klamotten anzuziehen, die meine Mutter will. Ich will selber entscheiden, was ich will."

Der Vater war jetzt schockiert, so hatte seine Tochter mit ihm noch nie geredet. So sagte er zu ihr: „ Ist ja gut. Komm jetzt erst mal essen."

Silvia: „ Nein, ich will nicht essen. Ich bin viel zu dick. Ich muss abnehmen. Ich laufe rum, wie ein dicker Klops. Und überhaupt, ich will nicht wie ein kleines Kind behandelt werden. Meine Schulfreundinnen lachen alle schon über mich."

Der Vater wollte im Moment nicht noch mehr Krach mit seiner Tochter haben und sagte:

„ Wir werden sehen, wie wir für uns alle eine Lösung finden. Lass deine Mutter erst nach Hause kommen, dann werden wir in Ruhe über alles reden."

Silvia ging in ihr Zimmer und dachte darüber nach, was sie machen könnte, wenn Antonio nächste Woche kommt. Sie wollte wenigstens ein paar Kilo abnehmen und schönere Sachen zum Anziehen haben. Antonio sollte doch sehen, dass sie kein kleines Mädchen mehr ist.

Die Mutter von Silvia kam nach Hause. Sie war völlig fertig. Die Mutter war vom Krankenhaus aus, gleich zu ihrer Arbeitsstelle gegangen und war nun völlig geschafft.

Sie fragte ihren Mann: „ Hartmut, wo ist Silvia?"

Hartmut: „ Sie ist in ihrem Zimmer. Sie möchte heute nichts essen."

Karla: „ Wieso denn, hat sie denn schon gegessen?"

Hartmut: „ Wir müssen uns mal mit Silvia zusammensetzen Sie ist mit sich unzufrieden. Sie fühlt sich zu dick und sie möchte nicht mehr wie ein Kind behandelt werden. Sie möchte auch ihre Garderobe selber kaufen."

Karla: „ Ich kann im Moment nicht. Es wird mir einfach zu viel. Können wir denn dies nicht ein andermal besprechen?"

Silvia, die alles mitgehört hatte machte ihre Tür auf und sagte: „ Nein, kein anderes Mal. Ich will jetzt darüber reden."

Silvia ging in die Küche zu ihren Eltern, die Beide am Küchentisch saßen. Vater tat das Essen für ihre Mutter auf den Teller und sagte: „ Setz dich doch erst mal mit hin. Du siehst doch, dass deine Mutter geschafft ist, von ihrer Arbeit."

Silvia: „ Ja, das sehe ich. Ich mache ja auch schon alles was ich kann. Ich habe für mich kaum noch Zeit. Meine Schulfreundinnen und auch meine Freundin Angelika, haben für sich viel mehr Zeit und die haben auch alle viel schönere Sachen als ich. Ich spiele immer nur Hausmütterchen."

Die Mutter: „ Ja , ich weiß. Wir müssen auch Einiges ändern. Es geht aber nicht so schnell, wie du es dir vorstellst. Ich habe auch schon daran gedacht, dass du nicht weiter soviel machen kannst, wenn du auch arbeiten musst."

Silvia: „ Ja, siehst du. Weil ich immer im Haushalt soviel machen musste, ist die Schule auch oft auf der Strecke geblieben"

Jetzt war der Vater entsetzt. Er holte tief Luft und sagte: „ Jetzt bist du aber ungerecht. Ich habe immer zu dir gesagt, dass du erst deine Aufgaben von der Schule erledigen sollst, bevor du die Arbeiten im Haushalt machst. Ich habe, wenn ich zu Hause war immer gesagt, dass du dich um deine Schule kümmern sollst."

Silvia: „ Ja, es ist ja nicht nur eure Schuld. Meine Schuld ist es ja auch. Es ist nur so, dass die anderen Mädchen immer mehr Freizeit hatten als ich."

Silvia ging wieder in ihr Zimmer und sie muss ziemlich schnell eingeschlafen sein. Die ganze Woche über aß sie nur ganz wenig, so dass es ihr manchmal nicht gut ging vor Hunger. Sie musste da aber durch. Sie hatte irgendwo mal gelesen, dass sich der Magen an die kleineren Malzeiten gewöhnt und dann nimmt man auch ab.

Endlich war es soweit. Ramona war aus dem Krankenhaus raus und Silvia ging sie mal besuchen. Sie hatte ein wunderschönes Baby.

Ramona: „ Sie heißt Marie Christin. Ich bin mal gespannt, was Antonio dazu sagt. Er kommt in zwei Tagen.“

Silvia: „ In zwei Tagen schon?“

Ramona: „ Ja, ich bin froh, dass er endlich mal kommt.“

Sie sah Silvia an und sagte: „ Bist etwa krank? Du siehst so schlecht aus.“

Silvia: „ Wie ich sehe schlecht aus?“ Sie ging zu einem Spiegel und sah hinein.

Ramona: „ Du bist so blass und so schmal geworden.“

Silvia: „ Ach, dass kommt bestimmt vom vielen arbeiten.“

Ramona: „ Du solltest mal in ein Sonnenstudio gehen, damit du etwas Farbe bekommst.“

Silvia: „ Wenn ich dies zu meinen Eltern sagen würde, würden sie ausflippen.“

Silvia hatte nun ihren Ausbildungsplatz in einem Hotel ganz in ihrer Nähe bekommen und zwei Mal in der Woche muss sie zur Schule gehen. Zur Schule muss, sie immer erst noch mit dem Bus fahren, weil diese etwas weiter von zu Hause entfernt ist. Nun wird sie die Schule bestimmt nicht mehr als so schwer empfinden. Die Arbeit im Hotel wird bestimmt viel anstrengender sein. Sie hofft, dass es ihr aber auch Spaß machen wird.

Jetzt waren die zwei Tage vorbei und Antonio müsste nun bei seiner Mutter sein.

Als Silvia nach Hause kam, fragte sie ihre Mutter: „ Mutti, darf ich Ramona und ihr Baby besuchen?"

Die Mutter: „ Wenn du Lust hast? Ich gehe erst morgen hin. Du kannst ihr ja Grüße von uns bestellen und das Vati und ich morgen kommen."

Silvia ging unter die Dusche, föhnte ihre Haare. Sie ging in ihrem Badetuch gewickelt zu ihrer Mutter und fragte: „ Mutti, darf ich mir etwas von deinem Schminkzeug nehmen?"

Die Mutter schaute Silvia an und sagte darauf: „ Ja, du siehst ziemlich blass aus. Nimm nur etwas davon. Aber nimm nicht zu viel, dann sieht es auch nicht gut aus."

Silvia freute sich darüber. Sie nahm vom Lidschatten, die Wimperntusche und etwas Lippenstift. Sie zog einen Rock und einen Pulli an. Der Pulli saß ziemlich eng am Körper, so dass man ihren Busen deutlich erkennen konnte. Sie zog ihren leichten Mantel darüber und schaute nur mit ihrem Kopf ins Wohnzimmer rein. Ihre Mutter wischte gerade Staub und Silvia rief zu ihr rein: „ Tschüss Mutti, ich gehe jetzt."

Die Mutter drehte sich um und sagte: „ Ja, tschüss und bleibe nicht zu lange."

Silvia fühlte sich wie eine richtige Frau. So hübsch hatte sie sich noch nie gemacht.

Als Silvia auf die Straße ging, fühlte sie sich nicht mehr wie ein Kind. Sie ging in die Richtung, in der die Familie Bernadoni wohnte. Silvia bemerkte nun zum ersten Mal, das es da auch einige junge Männer gab, die sich nach ihr umsahen. So etwas hatte sie vorher noch nie bemerkt. Irgendwie schon ein eigenartiges Gefühl. Nun stand sie vor der Tür zur Familie Bernadoni. Silvia blieb vor der Haustür stehen und bemerkte, wie ihr Herz bis zum Hals klopfte. Sie verweilte noch einige Minuten vor der Tür, dann klingelte sie. Sie wartete noch ein bis zwei Minuten, da öffnete der Vater von Antonio die Tür und sagte hocherfreut: „ Hallo Silvia, ich freue mich, komm doch bitte rein."

Silvia betrat das Wohnzimmer. Da saß Ramona neben Antonio und Antonio hatte seine kleine Schwester auf dem Arm. Silvia bemerkte, dass er sehr viel Ähnlichkeit mit dem Foto von diesem Salvatore, der Josefine immer Briefe schrieb hatte und bekam Herzklopfen, war sie doch in dieses Bild verliebt gewesen, ihm fehlt nur der komische Schnurrbart. Gott sei Dank, hatte er diesen Bart nicht, damit würde er bestimmt ulkig aussehen. Während ihre Gedanken so um dieses Foto schweiften, schaute er seine kleine Schwester an, wiegte sie hin und her und murmelte dabei: „ Marie Christin, was bist du für ein kleines Mädchen. Du wirst mal ein sehr hübsches Mädchen werden."

Er schaute auf, als Silvia hereinkam und sagte zu ihr: „ Sieh mal, habe ich nicht ein hübsches Schwesterlein bekommen?"

Silvia ging zu den Beiden und sagte: „ Ja, sehr hübsch."

Antonio sah Silvia an und sagte: „ Du hast dich aber verändert."

Silvia sah ihn erschrocken an und fragte: „ Wie verändert?"

Antonios Vater legte seinen Arm um Silvia und sagte: „ Du hast dich wirklich verändert. Du bist erwachsener geworden und hübscher natürlich auch."

Silvia sah Antonios Vater sehr dankbar an und sagte: „ Danke Herr Bernadoni."

Ramona fragte: „ Möchtest du Marie Christin auch mal auf den Arm nehmen?"

Silvia schaute Ramona an und sagte: „ Ja, wenn ich darf."

Der Vater von Antonio: „ Setzte dich dort auf den Sessel und ich bringe dir unseren kleinen Engel."

Silvia setzte sich und Enrico nahm seine kleine Tochter auf den Arm, ging zum Sessel von Silvia und legte Marie Christin in den Arm von Silvia. Da hielt Silvia nun dieses kleine Wesen in ihrem Arm und fand es wunderschön.

Ramona ging in die Küche und sagte beim rausgehen: „ So, ich werde jetzt mal Kaffee kochen."

Enrico ging hinterher und sagte: „ Und ich helfe dir dabei."

Jetzt waren Silvia und Antonio alleine mit dem Baby im Wohnzimmer. Der Vater machte die Tür hinter sich zu.

Silvia schaute Antonio an und fragte: „ Wie geht es dir? Was mach dein Studium?"

Antonio sah Silvia an und sagte: „ Geht so. Es ist ganz schön anstrengend. Ich muss sehr viel lernen. Und du? Was machst du?"

Silvia: „ Na ja, ich werde jetzt Hotelfachfrau und muss bestimmt auch ganz schön schuften. Zwei Mal die Woche werde ich zur Schule gehen."

Antonio: „ Hast du einen Freund?"

Silvia ganz empört: „ Nein, wie kommst du darauf? Ich habe doch keinen Freund."

Antonio: „ Na ich dachte nur, wenn du jetzt immer so alleine bist."

Silvia: „Da für habe ich keine Zeit. Ich muss bald viel lernen und im Hotel muss ich mich auch ans schuften gewöhnen. Im Moment habe ich zu Hause viel Arbeit, meine Mutter geht doch auch arbeiten, da muss ich viel machen."

Antonio wurde es zu viel, was sie ihm da alles erzählte und unterbrach sie auch gleich, indem er zu ihr sagte: „ Hast du Lust, mit mir heute Abend ins Kino zu gehen?"

Silvia: „ Ich würde gerne, ich muss aber erst zu Hause fragen."

Antonio stand auf, ging zum Telefon seiner Eltern und fragte: „ Wie ist die Nummer von dir?"

Silvia: „ Oh, willst du meine Eltern anrufen?"
Antonio: „ Schon gut, hier steht ja die Nummer,
Schreiber." Er wählte die Nummer, wartete und dann sagte
er: „ Ja, hier ist Antonio Bernadoni. Frau Schreiber? Ja, ich
wollte mal fragen, ob sie etwas dagegen haben, wenn Silvia
jetzt zum Essen hier bleibt und ich mit ihr heute Abend ins
Kino gehe. Ich bin nur noch bis morgen Mittag zu Hause."
Er wartete und dann sagte er: „ Gut, ja, geht alles klar, ich
bringe Silvia anschließend zu ihnen nach Hause."
Er schaute Silvia an und fragte: „ Hast du noch
irgendwelche Sorgen?"
Silvia schüttelte den Kopf und konnte nicht verstehen, was
da geschehen war.
Ramona kam ins Wohnzimmer und sagte: „So, Kinder, der
Kaffee ist fertig. Antonio holst du bitte das Geschirr aus
dem Schrank?"
Antonio: „ Klar Mutti, mache ich. Ich gehe heute nach dem
Abendessen mit Silvia noch ins Kino. Mit ihrer Mutter
habe ich schon gesprochen, ich bringe Silvia anschließend
gleich noch nach Hause."
Ramona: „ Na prima, dann machen wir uns jetzt einen
gemütlichen Nachmittag." Silvia:
„ Können wir nach dem Kaffee noch mit Marie Christin
ein wenig spazieren gehen?"
Enrico: „ Das ist eine gute Idee. Aber das macht ihr Beide.
Meine Frau und ich ruhen uns in der Zwischenzeit ein
wenig aus. Wenn ihr dann nach Hause kommt, ist das
Abendessen auch fertig."
Antonio: „ Kein Problem, so können wir es machen." Er
schaute Silvia an und sagte: „Oder hast du keine Lust?"
Silvia: „ Oh, doch, ich möchte schon."
Enrico nahm Marie Christin, legte sie in den kleinen
Stubenwagen, der wie ein Himmelbettchen fertig gemacht
wurde und setzte sich an den Tisch. Sie tranken alle Kaffee.

Als Ramona den Kuchen anbot, wehrte Silvia ab und sagte:
„Nein danke. Ich mag keinen Kuchen, sonst kann ich
nachher kein Abendessen mehr zu mir nehmen. Ich esse
nicht mehr so viel."

Enrico: „ Siehst du, ich habe mich schon gewundert, du
bist ziemlich schmal geworden."

Silvia: „ Na ja", sie holte tief Luft und setzte fort, „ man
muss schon ein bisschen auf seine Figur achten. Der
Babyspeck muss weg."

Ramona zog Marie Christin an, legte sie in den Wagen und
sagte: „ Ihr könnt jetzt spazieren gehen."

Antonio zog sich seine Jacke an und half Silvia in ihren
Mantel. Nun gingen sie mit dem Kinderwagen auf die
Straße. Antonio schob ganz Stolz den Kinderwagen und
Silvia ging nebenher. Da gab es einige Menschen, die sich
nach ihnen umdrehten. Da kam auch noch ihre ehemalige
Lehrerin. Sie blieb stehen, als sie Silvia und Antonio sah.
Sie sah Beide erst mal an, bevor sie etwas sagen konnte.
Doch dann sprudelten die Worte nur so aus ihr heraus: „
Das ich euch mal wieder sehe, hätte ich so schnell nicht
erwartet. Ihr seid ein sehr schönes Paar. Ich habe doch
gleich gewusst, dass da zwischen euch etwas ist. Ist das euer
Kind?"

Antonio lächelte nur und sagte darauf: „ Also, zwischen
uns ist nichts, wir sind nur befreundet." Er zeigte auf Marie
Christin und redete weiter, „ Das ist meine Schwester."

Frau Baumann: „ Oh, entschuldigt bitte, aber es sah so aus,
als wenn ihr Zwei zusammen gehört und dann noch das
kleine Baby. Ach ja, ich muss weiter, ich bekomme heute
noch Besuch. Tschüss ihr Zwei."

Antonio und Silvia gingen weiter. Eine ganze Weile sagte
keiner ein Wort und es herrschte nur Schweigen.

Jetzt fragte Antonio: „ Kommst du denn nun mit heute
Abend?"

Silvia: „ Wohin?"
Antonio: „ Na wir wollten doch ins Kino gehen."
Silvia: „ Ich weiß nicht, ich denke schon."
Ihr Herz klopfte bis zum Hals, bei dem Gedanken, dass sie
nun mit Antonio ins Kino gehen konnte. Antonio ging mit
Silvia in eine große Parkanlage. Hier war Silvia noch nie.
Wann denn auch. Erst musste sie immer zur Schule, Dann
die vielen Hausaufgaben und dann noch den Haushalt, den
sie auch teilweise führen musste, wenn Mutter zur Arbeit
war. Nun muss sie bald wieder viel lernen, damit sie die
Schule jetzt und ihre Ausbildung zur Hotelfachfrau schafft.
Während sie so darüber nachdachte, sagte Antonio zu ihr:
„Was macht denn deine Ausbildung?" Sie kamen an einer
leer stehenden Bank vorbei und Antonio sprach weiter: „
Komm, wir setzten uns hier her."
Silvia nickte, sie setzten sich auf die Bank und Antonio
schaukelte den Kinderwagen hin und her. Antonio sah
Silvia an.
Silvia: „ Ja, die fängt ja nun an, ich muss mal sehen, wie es
läuft."
Antonio: „ Wolltest du nicht Betriebswirtschaft studieren?"
Silvia: „ Ja, ich hatte aber keine Lust mehr dazu. Das Hotel
interessiert mich doch mehr. Ich glaube auch, dass dies ein
Beruf ist, wo man immer seine Arbeit behält. Man kann ja
anschließend, wenn man bestanden hat noch weiter
lernen."
Antonio: „ Ja, das kann man."
Silvia: „ Was macht dein Studium? Meinst du, du schaffst
das alles?"
Antonio: „ Ich denke schon. Ich werde nicht in alle
Semesterferien her kommen können. Ich muss viel lernen.
Wir haben auch einen Studienkreis gebildet, mit einigen
Medizinstudenten und Studentinnen. Wir wollen in den

Ferien auch zusammen lernen und uns gegenseitig unterstützen."

Silvia: „ Das kann ich verstehen. Aber wir werden uns dann sehr selten sehen."

Silvia konnte es selber nicht verstehen, dass sie das jetzt gesagt hat und ihr Herz raste noch schneller.

Antonio: „ Das stimmt wohl, wir werden uns sehr selten sehen. Was ich dich noch fragen wollte. Hast du wirklich keinen Freund hier?"

Silvia: „ Nein, wie kommst du denn darauf? Ich habe keinen Freund."

Antonio: „Ich dachte nur so, es kann doch sein."

Silvia: „ Dann würde ich mit dir aber nicht hier sitzen und heute Abend ins Kino gehen."

Antonio: „ Ja du hast ja Recht. Entschuldige bitte diese dumme Frage."

In diesem Park gingen sehr viele Pärchen spazieren. Einige von Ihnen gingen nur Hand in Hand und Einige gingen eng umschlungen.

Silvia bemerkte, dass sie bei diesem Anblick feuchte Hände vor Aufregung bekam.

Silvia saß sehr nahe bei Antonio sie merkte, wie er plötzlich seinen Arm um ihre Schultern legte. Silvia lehnte sich an seine Schulter und sagte: „ Es ist schön hier. Ich war noch nie in diesem Park. Ich kann jetzt so richtig entspannen."

Sie holte tief Luft und kuschelte ihren Kopf ganz fest an seine Schulter.

Antonio: „ Ja, hier kann man so richtig entspannen."

Silvia dachte, wenn dieser Moment doch nie vorüber gehen würde. Als die Sonne hinter den Bäumen des Parks versank, wurde es etwas kühl.

Antonio: „ Wir gehen jetzt langsam wieder zurück, sonst holst du dir noch einen Schnupfen."

Silvia stöhnte ganz leise und sagte: „ Ja, schade, es war ein so schöner Tag heute."

Antonio: „ Der Tag ist doch noch nicht zu Ende. Wir wollen doch noch ins Kino."

Silvia: „Ja, natürlich. Ich meine nur, es war so schön hier mit dir zu sitzen."

Antonio und Silvia gingen wieder zurück. Antonios Eltern erwarteten die Beiden schon.

Ramona stand schon in der Tür: „ Da seid ihr ja. Marie Christin muss doch ihre Mahlzeit bekommen."

Antonio: „ Ja Mutti, sie schläft doch aber noch. Wenn sie schläft, muss sie doch nicht schon wieder eine Mahlzeit bekommen. Ich verstehe die Mütter nicht, wollt ihr eure Kinder zu Medizinbälle fett füttern?"

Ramona: „ Antonio!", rief sie empört, „wir füttern sie nicht Fett. Sie muss doch aber regelmäßig ihre Mahlzeiten bekommen."

Antonio: „ Blödsinn, wenn sie Hunger hat, wird sie sich schon melden. Die meisten Mädchen sind alle viel zu dick. Denke mal daran, wenn Marie Christin älter wird und mit Schlankheitskuren anfangen muss. Ich finde es ekelig, wenn man ein Mädchen anfasst und fühlt nur Speckröllchen."

Als Antonio dies gesagt hatte, fasste sich Silvia ganz erschrocken an ihre Taille und an ihre Rippen. Sie fühlte an den Rippen ein kleines Röllchen und wurde ganz rot.

Antonio bemerkte dies und sagte zu ihr: „ Das sind keine Speckröllchen, aber wenn du nicht aufpasst, dann werden es auch welche. Man sollte sich alles überlegen, was man so in sich reinstopft."

Silvia wurde es schlecht. Sie betraten das Esszimmer und der Abendbrodtisch war schon gedeckt. Die herrlichsten Sachen waren darauf und die meisten davon mochte Silvia sehr gerne, doch ihr war der Appetit vergangen. Antonio setzte sich neben seine Mutter und sagte zu Silvia: „ Komm, setze dich hier her."

Silvia: „ Ach, ich möchte nichts essen. Ich habe keinen Hunger."

Antonio: „ Ich muss jetzt was essen. Eine Kleinigkeit." Er aß wirklich nur eine kleine Scheibe Brot mit Quark.

Ramona konnte es nicht verstehen und sagte: „ Was seid ihr bloß für Kinder? Ihr müsst doch etwas essen."

Antonio: „ Ein Fresser wird nicht geboren, er wird dazu erzogen. Vergiss das bitte auch bei Marie Christin nicht."

Antonio stand auf und sagte zu Silvia: „ Komm, wir gehen ins Kino."

Silvia zog ihren Mantel an und folgte Antonio. Auf der Straße sagte sie erst mal kein Wort. Sie überlegte nur, ob sie ihm vielleicht doch zu dick ist.

Nun standen sie vor dem Kino. Silvia wurde es ganz heiß, denn auf der anderen Seite entdeckte sie Angelika. Angelika war auch nicht alleine, da stand noch ein junger Mann neben ihr. Silvia schaute nur rüber und sagte kein Wort. Da drehte sich Angelika um und Silvia drehte schnell den Kopf zu Antonio, sie tat so, als wenn sie Angelika nicht sehen würde und glaubte, dass sie nicht erkannt wird.

Antonio: „ Ja, ist irgend etwas?"

Silvia: „Nein, ich wollte nur fragen, ob der Film wohl interessant ist?"

Antonio: „Ich weis es nicht, ich habe den Film noch nicht gesehen. Ich habe auch selten Zeit, ins Kino zu gehen. Wenn die Ferien vorbei sind, muss ich wieder ständig lernen."

Da, plötzlich stand Angelika neben ihr, mit dem jungen Mann und sagte: „ Ich glaub es nicht, Silvia, du hier?"

Antonio schaute Angelika an und sagte zu Silvia: „Kennt ihr euch?"

Silvia: „ Ja, natürlich, es ist eine Freundin von mir. Wir haben uns schon lange Zeit nicht mehr gesehen."

Angelika: „ Darf ich vorstellen, mein Freund Manfred, meine Freundin Silvia."

Manfred sah Silvia an und sagte: „ Angenehm."

Angelika sah Silvia auch an und sagte: „ Willst du uns nicht vorstellen?"

Silvia: „ Oh, entschuldige: „ Das ist Antonio, Antonio, dass ist meine Freundin Angelika."

Angelika: „ Ich hätte nie gedacht, dass ich dich mal hier am Abend am Kino treffe und dann noch mit einem jungen Mann."

Silvia sah Angelika an und bemerkte, wie sie Antonio heimlich anhimmelte und sagte: „ Ich hatte ganz vergessen, er ist mein Freund, mein fester Freund."

Manfred sah Silvia lächelnd an und sagte: „Ich glaube, dies nimmt Angelika nicht so ernst."

Angelika buffte ihn mit ihrem Ellenbogen gegen seine Rippen und sagte: „ Hör bloß auf, sonst glaubt es noch jemand." Dabei ließ sie kein Auge von Antonio. Sie wendete sich wieder zu Silvia und sagte: „Ich hoffe, dass wir uns bald mal wieder sehen können. Es ist ja schon einige Zeit her, als wir uns das letzte Mal gesehen haben. Ich rufe dich an."

Antonio und Silvia gingen in den Kinosaal. Sie setzten sich auf ihre angewiesenen Plätze und schon ging das Licht aus. Silvia bekam vom gesamten Film nichts mit, denn Antonio legte seinen Arm um ihre Schultern und sie legte ihren Kopf gegen seinen Hals. Es war ein unbeschreibliches Gefühl, als Antonio sie ganz fest an sich drückte. Er neigte seinen Kopf zu ihr und küsste sie sehr innig. Ihr Herz raste und ihr war völlig egal, ob sie da Jemand sehen konnte. Es drehte sich alles um sie herum und sie wünschte sich, dass dieser Moment nie zu Ende gehen würde. Es vergingen einige Minuten, bis sie sich traute, ihre Arme fest um ihn zu schließen. Sie presste ihren Körper an den Seinen. Vom Film bekam keiner von ihnen etwas mit. Als der Film dann zu Ende war, sagte Antonio zu ihr: „ Geh dich kämmen." Er zeige in Richtung Toilette und ergänzte: „ Ich gehe mich auch kämmen." Als Silvia die Toilette betrat, wer stand da vor dem Spiegel? Natürlich auch Angelika und kämmte sich ebenfalls. Sie sah Silvia an und sagte: „ Na, du siehst vielleicht aus?"

Silvia sah in den Spiegel. Tatsächlich, sie war nicht nur zerzaust, sie war auch ganz rot im Gesicht. Angelika sah sie lächelnd an und sagte: „ Du bist zu beneiden, so ein hübscher Junge ist mir noch nie unter die Augen gekommen. Woher kennt du ihn?"

Silvia: „ Wir kennen uns schon von der Schule her."

Angelika: „ Und so was verheimlichst du vor mir?"

Silvia kämmte ihre Haare und fasste sich über ihre Wangen, die waren so heiß und sie drehte sich dabei zu Angelika und sagte: „ Was mach ich dagegen? So kann man doch nicht auf die Straße gehen?"

Angelika: „ Auf der Straße akklimatisiert sich das schon wieder. Du kannst es mir glauben, mir ist es auch schon ab und zu mal so gegangen."

Silvia ging wieder in die Kinohalle und da stand schon Antonio mit Manfred.

Manfred: „ Da bist du ja endlich Angelika."

Antonio sagte nichts weiter, er nahm Silvia an die Hand und sie gingen nach draußen. Silvia fühlte den kühlen Wind auf ihre Wangen, es tat ihr gut und sie dachte nur daran, dass es aufhören sollte, so rot zu sein. Als sie ein Stückchen vom Kino entfernt waren, legte Antonio wieder den Arm um Silvia und sie gingen eng umschlungen Heimwerts. Nach einer Weile sagte Antonio: „ Und du hast wirklich keinen Freund?"

Silvia: „Nein, ich habe doch einfach keine Zeit und bisher gab es noch Keinen, der mir gefallen hätte."

Antonio: „ Schade, dass ich schon wieder weg muss. Ich hätte dich gerne als Freundin. Aber im Moment habe ich so viel zu tun und ich kann nicht sagen, wann ich mal wieder nach Hause kommen werde."

Silvia machte es sehr traurig, was er da sagte und antwortete erst gar nicht darauf.

Nun standen sie vor der Tür, wo Silvia wohnte. Silvia schloss die Tür auf und Antonio betrat den Flur. Da kam Silvias Mutter in den Flur und sagte: „Da seid ihr ja endlich. Vater hat sich schon ins Bett gelegt, er muss morgen früh wieder raus"

Antonio: „ So, Frau Schreiber, hier bringe ich ihnen Silvia unversehrt wieder nach Hause, ich muss auch gleich los, ich muss auch wieder früh raus."

Antonio gab Silvias Mutter die Hand und küsste Silvia auf ihre Stirn, dabei sagte er: „ Mach's gut mein Kleines. Pass gut auf dich auf, bis wir uns wieder sehen." Er drehte sich um und ging. Die Mutter: „ Das ist ein gut erzogener Junge. Komm jetzt, mach dich fertig, damit du auch ins Bett kommst." Silvia zog sich aus und ging ins Bad. Bei den Zähnen putzen schaute sie in den Spiegel und dachte, <ob er mich wirklich mag>? Sie legte sich ins Bett und konnte nicht einschlafen, ihre Gedanken kreisten nur um Antonio und wie schön es mit ihm war. Wann würde sie ihn denn nun wieder sehen können. Ihr tat das Herz weh, bei dem Gedanken, dass es vorläufig nichts mit ihm wird.

Silvias erster Tag im Hotel

Es war so weit und Silvia musste heute zum ersten Mal in das Hotel, wo sie sich auch schon einmal vorgestellt hatte Am Morgen stand Silvia todmüde auf, sie sah in den Spiegel und war entsetzt, wie blass sie war und die Übermüdung sah man ihr auch an. Sie machte sich fertig für die Arbeit. Heute musste sie endlich im Hotel arbeiten. Man muss auch, wenn man nur mit Zimmerreinigung dran ist, sehr gut aussehend und ordentlich erscheinen. Man muss eben immer gut aussehen. Silvia zog ihre Jacke an und ging los. Sie betrat das Hotel und ging in ihren Arbeitsbereich. Auf dem Weg dorthin, kam ihr ein auch sehr gut aussehender junger Mann entgegen. Er schaute Silvia beim vorbei Gehen an und sagte: „ Guten Morgen schönes Fräulein."
Silvia blieb erschrocken stehen, schaute sich um und der junge Mann drehte sich in diesem Moment auch gerade um und lächelte Silvia an.
Silvia: „ Guten Morgen." Sie lief schnell weiter, damit sie nichts weiter sagen musste.
In der Garderobe zog sie ihre Dienstsachen an, die sie bei ihrer Vorstellung bekommen hatte und ging zu ihrer Chefin ins Büro. Da kam ihre Chefin gerade ins Büro rein und sagte: „Hallo, ich bin Frau Weber. Also heute müssen sie die Zimmer, die ich ihnen hier auf den Zettel geschrieben habe gründlich sauber machen, ich werde sie anschließend kontrollieren. Sie wissen, es gehört alles, aber auch alles dazu. Vergessen sie bitte nichts. Nächste Woche haben sie darüber eine Prüfung und dann bekommen sie einen anderen Aufgabenbereich. Wenn sie alles ordentlich gemacht haben, ist erst mal Schluss mit der Putzerei."

Silvia nahm den Zettel zur Hand, da standen 5 Zimmer drauf. Frau Weber sah Silvia an und fragte: „ Alles Okay? Oder ist es ihnen zu viel?"

Silvia: „ Nein, es ist mir nicht zu viel." Silvia begann mir ihre Arbeit. Sie musste alle Zimmer sehr gründlich reinigen, von der Toilette über die Dusche, bis in den Wohnbereich. Es musste alles mehr als nur gründlich sein, denn ihre Chefin kam anschließend zur Kontrolle. Sie benutzte einen weißen Wolllappen und wehe, es waren Spuren von Staub oder ähnlichem zu sehen. Heute wäre es nicht so schlimm, aber wenn man sich erst mal einen Patzer erlaubt hat, dann ist man laufend dran. Bei der Prüfung muss man dann noch mehr als genau sein. Sie wollte ja ihre Prüfung auch schaffen.

Nach dem zweiten Zimmer, kam Frau Weber und sagte: „ Fräulein Schreiber, sie können jetzt Pause machen. Sie können in den Personalraum gehen. Es steht auch noch Kaffe und Tee auf dem Tisch in den Thermoskannen. Sie brauchen die Getränke heute nicht zu bezahlen, die hat das Haus heute zu ihrem ersten Arbeitstag spendiert."

Silvia: „ Danke Frau Weber."

Erste Begegnung mit Frank

Silvia lief in den Personalraum, wo auch der Kühlschrank
für das Personal steht und Silvia ihre Brote reingelegt hatte.
Als sie den Raum betrat, war dort auch der junge Mann,
dem sie heute schon einmal begegnet war. Er hatte einen
schwarzen Anzug an. Er zog gerade seine Jacke aus und
schaute Silvia strahlend an. Er ging auf sie zu und sagte: „
Hallo, so sieht man sich wieder. Darf ich mich vorstellen,
ich bin Frank." Er hielt Silvia seine Hand hin. Silvia reichte
ihm die Hand und sagte: „ Ich bin Silvia."
Silvia nahm ihre Brote aus dem Schrank und goss sich von
dem Tee ein. Sie packte ihre Brote aus. Frank nahm auch
sein Paket aus dem Kühlaschrank und nahm vom Kaffee.
Er sah Silvia dabei an und fragte: „ Ich darf doch Du
sagen?"
Silvia nickte.
Frank: „ Seit wann bist du denn hier, ich habe dich noch
nie gesehen?"
Silvia: „ Ich bin heute das erste Mal hier."
Frank: „ Ich bin im letzten Ausbildungsjahr. Ich wollte
eigentlich weg von hier, wenn ich fertig bin Aber ich weiß
es noch nicht, was ich mache."
Silvia: „ Wo willst du denn hin?"
Frank: „ Meine Eltern haben eine Pension. Deshalb musste
ich hier lernen. Ich soll später mal die Pension
übernehmen. Man muss ja einen Abgeschlossenen Beruf
haben, wenn man mal so eine Pension leiten soll."
Silvia: „ Hier in dieser Stadt?"
Frank: „ Nein, ich muss dann wieder nach Bayern."
Silvia: „Man hört aber nicht viel vom Dialekt."
Frank: „ Ich musste es mir weitgehend abgewöhnen.
Manchmal hört man es noch raus."

Silvia: „ Ja, du rollst das ‚R' so. Wenn man genau hinhört, dann merkt man es. Aber nur wenn man es weiß."

Silvia aß ihre Frühstück auf, stand auf und sagte zu Frank: „ So, ich muss jetzt wieder gehen."

Frank: „ Wie, ist deine Frühstückspause schon vorbei?"

Silvia: „ Nein nicht unbedingt, aber ich muss noch sehr viel tun."

Frank: „ Sehe ich dich mal wieder?"

Silvia erschrak über diese Frage, sie wurde rot und stotterte: „ Ich, ich ähh, ich weiß nicht. Ich kann es nicht sagen."

Frank: „ Wann hast du denn Feierabend?"

Silvia: „ Um Fünfzehn Uhr."

Frank: „ Ich habe schon eine halbe Stunde früher Feierabend, ich warte auf dich."

Silvia war ganz durcheinander. Sie lief so schnell sie konnte auf ihre Etage, wo sie noch die restlichen Zimmer machen musste. Da kam ihr Frau Weber, ihre Chefin, entgegen und sie fragte ganz erstaunt: „ Sie sind ja schon wieder hier? Haben sie denn schon Frühstück gemacht?"

Silvia: „ Ja, Frau Weber, ich habe schon Frühstück gemacht. Ich bin schon fertig und da dachte ich, ich mache gleich weiter."

Frau Weber: „ Na gut, dann können sie heute zehn Minuten früher Feierabend machen."

Silvia: „Oh, danke Frau Weber."

Silvia machte ihre Arbeit, so gut sie konnte. Als sie mit allem fertig war, kam Frau Weber wieder und sagte: „ Fräulein Schreiber, sie haben ihre Arbeit sehr gut gemacht, ich bin sehr zufrieden mit ihnen."

Silvia war hoch erfreut darüber. Nun kam ihr Feierabend. Sie ging in den Umkleideraum und zog sich um. Sie stellte sich vor den Spiegel und merkte, dass sie ganz schön geschafft aussah.

Da kam Doris, sie war auch Auszubildende, aber schon im zweiten Ausbildungsjahr und sagte: „Du siehst aber ganz schön geschafft aus."

Silvia: „ Ja, aber was soll ich denn dagegen machen?"

Doris: „ Hier ich habe etwas Ruge, da kannst du etwas von nehmen, dann siehst du gleich etwas besser aus. Ach ja, hier habe ich noch Wimperntusche, kannst du auch nehmen. Du musst so etwas immer bei dir haben. Ich bin am Anfang auch immer so gekommen wie du. Auf der Straße habe ich dann immer geglaubt, alle Menschen sehen mich an. Hier nimm, du wirst dich gleich besser fühlen."

Silvia: „ Danke Doris. Ich werde mir gleich noch heute was besorgen."

Silvia benutzte den Schminkkasten von Doris und tatsächlich, sie fühlte sich wirklich besser, als sie sah, dass sie mit dieser Tusche besser aussah. Sie gab Doris den Schminkkasten wieder und ging zum Ausgang. Im Foyer stand Frank mit noch einem anderen Mann, dieser Mann war viel älter als Frank und sie redeten miteinander. Als Frank Silvia erblickte, strahlten seine Augen und er sagte zu dem Mann: „ Also. Dann bis morgen." Er wendete sich zu Silvia und sagte: „ Da bist du ja schon, ich habe dich erst in zehn Minuten erwartet."

Silvia: „ Störe ich?"

Frank: „ Auf keinen Fall."

Der Mann, der neben Frank stand, schaute Silvia an und sagte zu Frank: „ Hübsch, wirklich sehr hübsch."

Silvia: „ Was meint er?"

Frank: „ Na, ich denke mal, er meint dich."

Silvia: „ Wer ist er?"

Frank: „ Er ist mein Chef, Herr Kuebler. Er kommt aus Australien. Er ist nicht immer hier, er hat auch noch ein Hotel in Australien, in Adelheide."

Silvia: „ Ist er der Chef des Hauses?"

Frank: „ Nein sein Bruder gehört hier alles. Sie tauschen sich nur gegenseitig aus. Jetzt ist sein Bruder in Australien und Herr Kuebler leitet hier so lange alles."

Frank und Silvia verließen das Hotel. Silvia holte erst mal tief Luft. Es ging ihr jetzt wieder ganz gut.

Frank: „ Gefällt dir die Arbeit hier?"

Silvia: „ Na ja, jetzt im Moment ist es nicht gerade das, was man sich vorstellt, aber dies ändert sich ja bald. Ich kann dann auch andere arbeiten machen."

Frank: „ Ich kenne dies, ich musste am Anfang auch die Zimmer und Bäder putzen."

Silvia: „ Du?" Sie schaute ihn dabei ungläubig an.

Frank: „ Na glaubst du, weil ich ein Mann bin, ging es mir besser als dir? Da hast du dich aber geirrt. Ich habe auch Wochenlang putzen müssen. Es hat mir nicht geschadet. Warum soll ein Mann nicht sauber machen und kochen können."

Silvia: „Kochen musstest du auch?"

Frank: „ Ja, ich habe mich so eingetragen, ich muss doch alles können. Wie soll ich sonst eine Pension leiten, wenn ich nicht kochen kann. Schnitzel braten kann jeder. Ich wollte aber auch Spezialitäten zubereiten können. Ich will mal später, wenn ich die Pension übernehme, mehr daraus machen. Ich habe schon mit Herrn Kuebler gesprochen, er will mir auch helfen."

Silvia: „ Was hast du denn vor, aus deiner Pension zu machen?"

Frank: „ Ich will mal eine internationale Küche anbieten. Wo wohnst du eigentlich?"

Silvia: „ Nicht weit von hier."

Frank „Willst du gleich nach Hause?"

Silvia: „ Ja, ich muss. Ich muss zu Hause noch einiges machen, meine Eltern arbeiten Beide und da muss jeder seinen Beitrag zur Hausarbeit leisten."

Frank: „ Wann hast du denn Zeit? Ich wollte mit dir mal ausgehen. Was meinst du dazu?"

Silvia: „ Das kommt so überraschend, ich muss erst mal nachdenken."

Frank: „ Na wenn du Angst hast, dass ich dir was tun könnte, können wir uns auch so treffen, wo wir nicht alleine sind. Wenn du willst auch bei deinen Eltern, wenn es für dich nicht zu früh ist dafür."

Silvia: „ Bist du dir sicher, dass du zu meinen Eltern mitkommen möchtest?"

Frank: „ Hast du denn schon einen festen Freund?"

Silvia überlegte eine Weile und dachte darüber nach, ob Antonio schon ein fester Freund ist?

„Nein, einen festen Freund habe ich noch nicht."

Frank: „ Was dann?"

Silvia: „ Na, ich bin mit dem Sohn befreundet, von der Familie, die mit meinen Eltern zusammen sind."

Frank: „ Wie bist du denn mit ihm befreundet?"

Silvia: „ Na, er wohnt hier nur in den Semesterferien. Er studiert Medizin und kommt selten. Wenn er mal da ist, gehen wir schon mal ins Kino."

Frank: „ Weiter nichts? Nur ins Kino?"

Silvia: „ Nur ins Kino." Silvia nickte dabei mit ihrem Kopf bestätigend. Anschließend sagte sie noch: „ Ist es so wichtig für dich, dass ich keinen Freund habe?"

Frank: „ Ja, es ist mir sehr wichtig. Ich finde dich sehr gut, ich glaube, ich mag dich sehr und möchte mich nicht in ein Mädchen verlieben, die schon einem Anderen gehört. Ich habe schon einmal Pech gehabt."

Silvia: „ Oh, das tut mir aber leid."

Frank: „ Es muss dir nicht leid tun. Ich habe es überwunden."

Silvia: „ Wohnt sie auch hier in dieser Stadt?"

Frank: „ Nein, sie wohnte in meiner Heimat. Ich war mit ihr sehr gut befreundet. Es sollte mehr daraus werden. Wir haben uns verlobt, bevor ich hier her kam. Als ich aber unverhofft nach Hause kam, noch nicht einmal meine Eltern wussten, dass ich komme. Da wollte ich sie besuchen und einladen, zu meinen Eltern zu kommen und über unsere bevorstehende Hochzeit zu sprechen. Wir wollten, wenn ich hier alles abgeschlossen habe heiraten.“
Silvia: „ Und nun?“
Frank: „ Ja, leider kam alles anders, als ich dachte. Als ich bei ihr klingelte, machte lange Zeit keiner die Tür auf. Ich wollte schon gehen, da schaute sie mit total zerwühlten Haaren aus dem Fenster. Ich dachte mir erst nichts dabei. Es konnte doch sein, dass sie ein wenig ausruhen wollte. Ich rief nach oben, dass sie die Tür aufmachen solle. Da sah ich im Hintergrund eine männliche Gestalt. Ich fragte, wer da bei ihr sei und da zeigte er sich am Fenster. Es war einer aus der Nachbarschaft. Ein richtiger Versager. Keinen Beruf, immer saufen und viele Mädchen.“
Silvia: „ Das tut mir aber wirklich leid.“
Frank: „ Nein, ich bin froh, dass es so gekommen ist. Stell dir vor, ich hätte es nicht so schnell rausbekommen. Ich hätte mich hier kaputt gearbeitet und sie hätte sich immer amüsiert und unser Geld mit diesem Taugenichts alle gemacht. Nein, ich brauche eine Frau, die es ehrlich meint und auf die ich mich verlassen kann. Ich kann mir vorstellen, dass du die Richtige wärst.“
Silvia: „ So schnell kannst du es feststellen.“
Frank: „ Natürlich nicht. Ich muss dich erst mal kennen lernen. Eins steht aber schon fest. Du bist genau mein Typ. Als ich dich auf dem Flur gesehen habe, da wusste ich, dich muss ich kennen lernen. Nun liegt es nur noch an dir. Magst du mich denn auch ein bisschen?“

Silvia: „ Ich habe noch gar nicht darüber nachgedacht. Ich muss doch auch noch drei Jahre lernen."
Frank: „ Das weiß ich doch. Ich dachte nur, dass die Chemie stimmen muss. Was auch noch prima wäre, Du lernst im Hotelgewerbe. Es wäre doch perfekt."
Silvia: „Du suchst wohl eine Mitarbeiterin für deine Pension?"
Frank: „ Nein, ich suche keine Mitarbeiterin. Es wäre doch aber schön, wenn meine zukünftige Frau auch etwas vom Geschäft versteht."
Während sie so erzählten, standen sie auch schon vor Silvias Haus. Silvia reichte ihm die Hand und sagte: „ Schön, dass du mich nach Hause gebracht hast."
Frank: „ Wie, hier wohnst du? Du bist schon zu Hause?"
Silvia nickte. Er schaute sie ganz verzweifelt an und sagte: „ Schade, ich wollte mit dir noch plaudern. Können wir uns heute noch sehen?"
Silvia: „Ich weiß nicht, ich muss erst sehen, wie ich meine Hausarbeit noch schaffe und was meine Eltern sagen."
Frank: „ Na gut, ich komme gegen neunzehn Uhr vorbei."
Silvia betrat dass Haus, zog ihre Jacke aus und schaute in den Spiegel. Ja, wenn man geschminkt ist, dann sieht man nicht, wie kaputt man eigentlich ist. Sie ging gleich in die Küche und schaute nach, ob ihre Mutter etwas aufgeschrieben hatte, was sie noch machen soll.
Tatsächlich, da lag ein Zettel auf dem Tisch. Silvia nahm den Zettel in die Hand und las.

Hallo Silvia,

Setze bitte gegen 16,00 Uhr die Kartoffeln auf. Das Fleisch und Gemüse stehen im Kühlschrank. Ich komme um 16.30

Uhr nach Hause, dann können wir essen. Vati kommt heute erst sehr spät nach Hause.

Bis dann, Deine Mutti!

Silvia schaute nach, da standen auf dem Herd schon die geschälten Kartoffeln. Sie schaute zur Uhr und dachte, es ist ja erst 15.30 Uhr, da habe ich noch eine halbe Stunde Zeit. Silvia legte sich auf die Couch. Sie wollte sich nur ein paar Minuten ausruhen. Da stand Mutter plötzlich vor der Couch und fragte: „ Hast du den Zettel nicht gelesen?"
Silvia: „ Wie, bist du schon hier?"
Die Mutter: „ Na es ist doch schon 16,45 Uhr."
Silvia sprang auf und wollte die Kartoffeln aufsetzen. Sie lief in die Küche zum Herd.
Ihre Mutter lächelte und sagte: „Die sind gleich fertig."
Silvia: „Ich wollte mich nur ein paar Minuten ausruhen, da muss ich wohl eingeschlafen sein."
Die Mutter: „ Wir essen jetzt, dann kannst du dich wieder hinlegen. Vater kommt erst ganz spät nach Hause und ich habe schon alles fertig."
Silvia: „ Nein ich bin verabredet. Ich kann mich nicht hinlegen. Ich muss noch mein Zimmer aufräumen und um 19.00 Uhr bin ich verabredet."
Die Mutter: „Mit wem bist du denn verabredet?"
Silvia: „ Mit einem Kollegen. Wir wollen ins Kino."
Die Mutter: „ Was ist das für ein Kollege?"
Silvia: „ Es ist Frank, er ist auch Auszubildender, aber er ist bald fertig."
Die Mutter: Ist er denn nicht zu alt für dich?"
Silvia: „ Mutti, er ist etwas über drei Jahre älter als ich. Vati ist acht Jahre älter als du."
Die Mutter: „ Das ist was anderes, er ist dein Vater und mein Mann."

Silvia: „ Alles klar, er ist schon als mein Vater und dein Mann geboren. Du hast ihn vom Baum gepflückt. Oder ist er aus dem Schrank von Großmutter gekommen?"

Die Mutter: „ Wie redest du denn mit mir?"

Silvia: „ Mutti, alle Mädchen die ich kenne, die haben alle schon einen Freund oder sogar schon den dritten oder vierten Freund. Ich habe noch keinen Freund."

Die Mutter: „ Und was ist mit Antonio? Ich dachte immer, er ist dein Freund."

Silvia: „ Er ist ein guter Kumpel, er wohnt in Berlin. Er kommt einmal im Jahr hier vorbei."

Silvia riss ihrem Kopf nach hinten und ging in ihr Zimmer.

Nach ein paar Minuten, rief die Mutter: „ Silvia, komm, das Essen ist fertig."

Silvia: „ Ich habe keinen Hunger."

Die Mutter: „ Du musst doch was essen, du hattest doch nur dein Frühstück heute."

Silvia: „ Mir ist der Appetit vergangen."

Die Mutter kam in Silvias Zimmer, setzte sich auf den Stuhl, holte tief Luft und sagte:

„ Silvia, es tut mir leid, ich habe es nicht so gemeint. Es geht mir alles so schnell. Du bist so schnell groß und erwachsen geworden. Vati und ich müssen erst lernen damit umzugehen. Gib uns Zeit, dies zu verstehen und damit umzugehen, dass unsere Tochter jetzt kein Kind mehr ist."

Silvia: „ Wenn du meinst. Ja, ich komme und esse eine Kleinigkeit."

Es war noch keine 19.00 Uhr, da klingelte es an der Tür. Silvia öffnete und da stand auch schon Frank. Er schaute Silvia an und sagte: „ Bin ich zu früh?"

Silvia: „ Ich muss mich nur anziehen, warte bitte." Silvia schlug ihm vor die Nase die Tür zu.

Die Mutter hörte dies und sagte: „ Warum bittest du ihn nicht herein? Er kann doch hier warten, bis du fertig bist." Bevor Silvia etwas sagen konnte, öffnete die Mutter die Tür und sagte zu Frank:

„ Kommen sie doch rein. Sie müssen nicht auf der Straße warten."

Frank: „ Vielen Dank, aber ich hätte auch hier gewartet. Sie müssen sich keine Umstände machen."

Die Mutter: „ Was soll das, sie warten natürlich hier."

Silvia kam aus ihrem Zimmer und sagte: „ Ach, da bist du ja, lass uns gehen."

Frank verabschiedete sich von Silvas Mutter und sie gingen los.

Silvia: „ Hast du schon die Kinokarten, oder müssen wir uns erst welche kaufen?"

Frank: „ Ja, wenn du unbedingt ins Kino möchtest, dann müssen wir noch Karten kaufen."

Silvia: „ Na wo wolltest du denn mit mir hin?"

Frank: „ Wir hätten auch zu mir gehen können. Ich habe eine nettes kleines Zimmer in unserem Hotel."

Silvia: „ Um Gottes Willen, ich kann doch nicht auf dein Zimmer kommen, in einem Hotel, in dem wir Beide arbeiten."

Frank: „ Hätte ja sein können. Aber so ist es auch gut."

Silvia: „ Wie meinst du denn das?"

Frank: „Es gibt auch Mädchen, die wollten immer gleich mit mir aufs Zimmer."

Silvia: „ Wie viel Mädchen hattest du denn schon?"

Frank: „ Da schweigt des Sängers Höflichkeit. Man kann doch nicht gleich die nehmen, die man gerade kennen gelernt hat. Man muss doch erst das richtige Mädchen haben."

Silvia: „ Woher weißt du, ob es das richtige Mädchen ist?"

Frank: „ Das merkt man nicht sofort. Da muss man ein richtiges Gefühl für haben. Bei dir zum Beispiel, da wäre ich mir sicher, du wärst das richtige Mädchen, wenn du nur willst, dann würde nichts im Wege stehen."

Während sie so erzählten, standen sie vor dem Kino und siehe da, da war auch Anne Katrin. Sie stand mit einem jungen Mann in der Vorhalle des Kinos. Der Mann war groß und hatte blonde Haare. Anne Katrin hatte sich bei ihm eingehakt und sie sahen sich die Bilder von den Vorschauen an. Auf alle Fälle, war es nicht Marcel, mit dem sie dort stand.

Frank holte von der Kasse die Kinokarten und als er zurückkam, bemerkte Anne Katrin, dass Silvia da stand. Anne Katrin sagte etwas zu ihrem Begleiter, er hielt den Kopf zu Anne Katrin runter, dann nickte er und Anne Katrin kam auf Silvia zu. Sie hielt ihr die Hand hin und sagte: „ Hallo Silvia, wir haben uns aber schon lange nicht mehr gesehen."

Sie bemerkte, dass Frank zu Silvia gehörte und sagte: „ Oh, ich hoffe, ich störe nicht, ich wusste ja nicht….."

Frank: „ Das macht doch nichts, Silvias Freunde, sind auch meine Freunde." Er gab Anne Katrin die Hand.

Silvia: „ Mit wem bist du denn hier?"

Anne Katrin: „ Warte, ich stell dich ihm vor, es ist mein Verlobter."

Anne Katrin ging zu dem jungen Mann, flüsterte ihm was ins Ohr, er nickte wieder, drehte sich zu Silvia und Frank um, lächelte und kam mit Anne Katrin auf die Beiden zu. Er verbeugte sich, reichte Silvia die Hand und sagte: „ Becker mein Name."

Silvia reichte ihm auch die Hand und sagte: „ Angenehm, Schreiber mein Name."

Jetzt reichte er Frank die Hand und Frank schaute ihn erst ein wenig verdattert an, dann sagte er: „ Hofer, mein Name."

Anne Katrin schmunzelte Silvia an, faste sie an den Arm und zog sie zur Seite. Dann sagte sie: „ Du musst schon verzeihen, er ist immer so förmlich. Er ist vor kurzem mit seinem Studium fertig geworden. Er ist Rechtsanwalt."

Silvia: „ Ach so, das erklärt alles. Ihr seid also verlobt."

Anne Katrin: „ Ja, seit vier Wochen. Ganz offiziell. So mit richtiger Feier, mit den Eltern und seinen unmittelbaren Kollegen. Ich muss mich auch erst an all dies gewöhnen. Ach ja, wie kommst du denn schon wieder an diesen hübschen jungen Mann?"

Silvia: „ Dass ist auch ein Kollege von mir. Er arbeitet in dem gleichen Hotel wie ich. Er wird bald fertig mit seiner Ausbildung."

Anne Katrin: „ Was wird er denn, wenn er fertig ist?"

Silvia: „ Er hat eine Pension. Die muss er übernehmen."

Anne Katrin: „ Was ist eigentlich mit deinem Antonio?"

Silvia: „ Was soll da sein? Er ist ein guter Freund unserer Familie."

Anne Katrin: „ Ich dachte immer, dass du verliebt in ihn bist. Es sah jedenfalls so aus."

Silvia: „ Ja, ich mag ihn sehr, aber er wohnt doch in Berlin, es ist viel zu weit weg."

Anne Katrin: „ Ja, ich verstehe, lieber den Spatzen in der Hand, als die Taube auf dem Dach."

Silvia: „ So ein quatsch, er ist doch nur ein Kollege. Willst du und dein Herr Becker denn heiraten?"

Anne Katrin: „ Ja, also meine Eltern finden es Klasse. Sie sagten dann habe ich es gut und was will ich mehr. Er hat Stil und so etwas mögen meine Eltern sehr. Und, was ist mit dir?"

Silvia: „ Ich weiß es nicht. Ich muss doch auch noch meinen Beruf schaffen und dann sehen wir weiter."

Silvia und Anna Katrin gingen zu den beiden Männern wieder hin. Frank legte den Arm um Silvia und sagte: „ Na, dann wollen wir mal sehen, wie der Film heute ist."

Silvia saß den ganzen Film über kerzengerade und ließ sich nicht von Frank umarmen. Als er es versuchte, sagte sie ganz leise zu ihm: „ Ich bin noch nicht so weit. Gib mir bitte noch etwas Zeit."

Frank murmelte darauf: „ Na gut, ich dachte, du magst mich."

Silvia: „ Ja, aber ich brauche etwas Zeit."

Es sah so aus, als wenn Frank es verstehen würde. Als sie das Kino verließen und Frank sie nach Hause brachte, sagte er zu ihr: „ Silvia, ich wollte dir sagen, dass ich nächst Woche, für ein halbes Jahr, in meine Heimat fahre und danach wollte ich eigentlich für ein Jahr nach Australien. Anschließend soll ich die Pension meiner Eltern übernehmen. Ich wollte, dass du es weißt."

Silvia erschrak über diese Nachricht und sagte erst mal kein Wort dazu.

Frank: „ Hast du mich verstanden? Ich wollte deine Meinung dazu hören."

Silvia: „ Ja, ich habe es verstanden und ich weiß nicht, was ich dazu sagen soll."

Frank: „ Es ist Schade, denn ich dachte, dass du eventuell mit mir mitkommen möchtest."

Silvia: „ Ich muss doch aber erst meine Ausbildung fertig machen."

Frank: „ Ja ich weiß, aber in den Ferien, da könntest du doch zu mir kommen. Wenn du willst, dann fliege ich auch nicht nach Australien. Ich verschiebe es, bis du fertig bist und wir fliegen zusammen dort hin."

Silvia: „ Wenn ich dies meinen Eltern so sagen würde, dann würden die in Ohnmacht fallen oder auch Tobsuchanfälle kriegen.“

Frank: „ Na gut, ich werde erst mal das halbe Jahr nach Bayern fahren und dann werden wir sehen, was du meinst.“

Silvia redete mit ihren Eltern kein Wort darüber, weil sie im Geheimen immer noch mit Antonio rechnete. Frank ist ja ganz süß, aber die große Liebe war es bestimmt nicht.

Die nächsten Tage im Hotel waren nicht wie sonst, ihr fehlte Frank wirklich schon. Sie konnte es nicht verstehen, wieso vermisste sie ihn plötzlich so. In der Frühstückspause saß sie heute mit Doris zusammen.

Doris: „ Du bist so still geworden?“

Silvia: „ So, ich merkte es nicht.“

Doris: „ Dein Freund Frank ist nicht mehr hier?“

Silvia: „ Wieso mein Freund?“

Doris: „ Es hat sich rum gesprochen, dass ihr befreundet seid. Wir dachten schon, dass du mit ihm mitgehst.“

Silvia: „ Wie kommst du darauf?“

Doris: „ Na Frank war doch unnahbar. Es war in den fast 3 Jahren nicht einmal vorgekommen, dass er sich mit einem Mädchen aus unserem Hotel verabredet hat. Du warst die Erste.“

Silvia: „ Das wusste ich nicht. Ich dachte, er macht es immer so.“

Doris: „ Nein wir waren alle überrascht.“

Silvia: „ Wen meinst du mit Alle?“

Doris: „ Na alle Auszubildenden und unsere Chefin auch.“

Silvia: „ Was, Frau Weber auch?“ Silvia wurde ganz blass.

Doris: „ Ja, Frau Weber auch. Frau Weber ist ja auch nicht so viel älter als Frank. Höchstens zwei Jahre und einige haben schon gedacht, dass aus den Beiden etwas wird.“

Silvia: „ Wieso denn das?“

Doris: „ Weil Frau Weber dem Frank immer schöne Augen gemacht hat. Er hatte aber nie darauf reagiert und dann lies sie es wohl auch bleiben, denn sie darf sich nicht daneben benehmen, sie würde dadurch doch ihren Job verlieren. Denk mal, wenn eine Ausbilderin mit einem Auszubildenden öffentlich etwas anfängt, dann wäre sie weg vom Fenster."
Silvia: „ Wieso hat sie ihm dann trotzdem schöne Augen gemacht?"
Doris: „ Na, wenn er mit seiner Ausbildung fertig ist, so wie jetzt, dann hätten sie es sagen können, solange hätte es geheim bleiben müssen. Aber Frank ist ja nicht darauf angesprungen."
Silvia: „ Na, dann muss ich mich wohl in acht nehmen, vor Frau Weber."
Doris: „ Warum denn?"
Silvia: „ Wegen Frank."
Doris: „ Wieso denn? Du bist doch mit ihm nicht mitgegangen. Da brauchst du dir keine Sorgen zu machen."
Es vergingen wieder einige Wochen.
Als Silvia nach Hause kam, sagte ihre Mutter: „ Antonio ist ein paar Tage hier bei seinen Eltern. Wollen wir sie besuchen? Wir müssen alleine gehen, denn Vati ist 2 Tage auf Dienstreise."
Silvia: „ Ja, wir können." Ihr Herz schlug bis zu Hals hoch. Sie war so aufgeregt, dass sie beinahe mit ihren Hausschuhen losgehen wollte.

Erste Enttäuschung

Silvia hatte sich sehr hübsch gemacht, dass sogar ihre
Mutter staunte und sagte: „ Du siehst wie ein Engel aus."
Silvia und Ihre Mutter gingen zur Familie Bernadoni. Silvias
Mutter klingelte.
Enrico öffnete die Tür und rief: „ Was für eine
Überraschung. Ramona, was meinst du, wer gekommen
ist."
Ramona kam an die Tür und sagte: „ Ich wusste, dass Karla
kommt. Wir haben schon miteinander telefoniert. Kommt
rein. Silvia, es ist schön, dass du auch mitgekommen bist."
Silvia und ihre Mutter betraten das Haus. Ramona machte
die Tür zum Wohnzimmer auf und sagte: „Nun kommt
schon rein."
Silvia erschrak, als sie das Wohnzimmer betrat. Da saßen
Antonio und eine junge Frau auf der Couch. Silvia blieb an
der Wohnzimmertür wie versteinert stehen und sagte kein
Wort. Da kam Enrico, schob Silvia ins Zimmer rein und
sagte: „ Antonio hat eine Studienkollegin mitgebracht. Sie
studiert auch Medizin. Sie bleiben leider nur zwei Tage hier,
anschließend wollen sie zu ihren Eltern."
Antonio stand auf, gab Silvias Mutter und Silvia die Hand,
dabei sagte er: „ Darf ich vorstellen, das ist Eveline
Schwarz, sie ist eine Studienkollegin von mir und vielleicht
auch bald meine Verlobte. Wir müssen erst noch zu ihren
Eltern und dann werden wir mal sehen. Wenn es soweit ist,
dann laden wir euch natürlich zu unserer Verlobung ein."
Diese Worte versetzten Silvia einen Schlag ins Gesicht. Sie
zitterte am ganzen Körper. Am liebsten hätte sie gleich
losgeheult. Aber nein, sie nahm sich zusammen und sagte
mit etwas zitternder Stimme: „ Ach, ich hätte beinahe
vergessen, ich muss mich noch ein wenig auf morgen

vorbereiten. Am Besten, ich gehe gleich wieder nach Hause."

Ehe noch jemand etwas sagen konnte, verließ Silvia das Haus. Sie lief so schnell sie konnte nach Hause. Sie schmiss sich auf ihre Liege und heulte erst mal los.

Silvia nahm ein Taschentuch, stand wieder auf, ging zum Spiegel und sagte laut vor sich hin: „ Was bildest du dir überhaupt ein. Ein angehender Mediziner nimmt doch keine Frau, die im Hotel arbeitet, die im Moment nur die Zimmer putzt. Anne Katrin hatte schon Recht. Er nimmt sich eine von Seinesgleichen." Silvia schnäuzte sich die Nase, wischte sich das Gesicht ab und setzte sich an den Schreibtisch. Vorher holte sie noch Briefpapier aus der Schublade und begann zu schreiben.

Hallo, lieber Frank,

ich habe mir in der letzten Woche alles noch einmal durch den Kopf gehen lassen.

Erst jetzt merke ich, wie sehr ich Dich vermisse. Ich habe große Sehnsucht nach Dir. Ich zähle jeden Tag an dem Du nicht da bist, bist Du wieder bei mir bist. Ich werde, wenn Du wieder hier bist, auch mit meinen Eltern reden, am Besten wird es sein, wenn Du mit dabei bist. Ich will nur noch Dir gehören.

Ich glaube, es ist wirklich so, wenn der Mensch, den man liebt weg ist, dann merkt man erst, wie sehr man ihn liebt. Ich würde mich freuen, wenn Du mir antworten würdest. Ich bin auch froh, dass Du mir vorher noch Deine Adresse gegeben hast.

Deine Silvia

Als Silvia den Brief fertig hatte, lief sie ziemlich schnell zum Briefkasten, damit sie den Brief gleich los ist und sie es sich nicht noch einmal anders überlegt und ihre Mutter muss es ja auch nicht gleich mitbekommen.

In den nächsten Wochen, stürzte Silvia sich in ihre Arbeit, so dass sogar ihre Chefin, Frau Weber mehr als erstaunt war. Sie sagte eines Tages zu Silvia: „ Ich weiß nicht, wo sie den Elan hernehmen. Sie sind mehr als gut in ihrer Arbeit.

Genau an diesem Tag, als Silvia nach Hause kam, sagte ihre Mutter: „ Silvia; du hast Post von Frank Hofer.“

Silvia nahm den Brief und ging damit gleich in ihr Zimmer. Sie setzte sich an ihren

Schreibtisch, öffnete den Brief und begann zu lesen.

Hallo, liebe Silvia,

ich habe mich riesig über Deinen Brief gefreut.

Ich hatte die Hoffnung schon aufgegeben. Ich war der Meinung, dass Du mich nicht für den Richtigen gehalten hast. Aus diesem Grund, freue ich mich umso mehr, dass Du Dich nun doch für mich entschieden hast. Ich komme so schnell ich kann wieder zu Dir. Ich werde ein paar Tage Urlaub machen und Du hast ja bald Ferien. Ich dachte, dann nehme ich Dich einfach mit zu mir nach Hause. Ich werde natürlich auch mit Deinen Eltern sprechen. Ich meine es nämlich ziemlich Ernst mit Dir. Ich will Dich, wenn wir wieder zusammen sind etwas sehr ernstes Fragen. Lass dich überraschen.

Meine kleine Silvia. Ich kann es kaum erwarten, Dich wieder zu sehen.

Dein Dich liebender Frank

Silvia las den Brief gleich zweimal. Sie konnte es kaum fassen, sie wird wirklich von Frank geliebt. Eigentlich war Silvia in Antonio verliebt. Es schmerzte auch in ihrer Brust, dass er da einfach mit einer anderen Frau auf der Couch sitzt und sie auch noch freudestrahlend begrüßt. Hat er denn schon alles vergessen. War das alles nur ein Spiel oder nahm sie es einfach nur zu Ernst. Wie machen es die anderen? Anne Katrin hatte ja auch soviel sie weiß, schon ihren zweiten Lover. Als sie so darüber nachdachte, kam die Mutter ins Zimmer und fragte: „ Na, ist denn alles in Ordnung?"

Silvia: „ Ach Mutti, es ist überhaupt nichts in Ordnung. Ich weiß nicht mehr was ich tun soll."

Die Mutter: „Was ist denn bloß los mit dir? Du kannst es mir erzählen. Vati kommt heute erst sehr spät nach Hause und er muss ja auch nicht alles wissen. Wir wollen mal sehen, wie ich dir helfen kann."

Silvia wollte eigentlich ihrer Mutter nichts erzählen. Aber der Kummer saß so tief, dass sie anfing ihr alles zu erzählen.

„Ach Mutti, ich war eigentlich in Antonio verliebt und es sah auch so aus, als würde er mich auch lieben. Ich habe all diese Monate auf ihn gewartet." Silvia schluchzte dabei ganz laut. Die Mutter reichte ihr ein Taschentuch und sagte kein Wort dazu. Sie ließ Silvia weiter erzählen.

„Da ist aber noch Frank. Er ist ganz süß, aber .... ich weiß nicht, ob ich ihn liebe. Ich mag ihn und ich freue mich auch, wenn ich ihn sehe. Es ist aber nicht so, wie bei Antonio. Wenn ich ihn sehe, dann klopft mein Herz bis zum Hals. Ich weiß nicht was ich machen soll. Es tut so weh. Mutti, warum tut es so weh."

Die Mutter: „ Ach Silvia, es ist deine erste große Liebe, es werden bestimmt noch mehr kommen. Du bist noch so jung. Glaube mir, ich weiß wovon ich spreche."

Silvia hörte auf zu schluchzen, sah ihre Mutter mir großen Augen an und fragte: „ Wie, warst du nicht nur in Vati verliebt?"

Die Mutter: „ Ach Silvia; ich war in mehre Jungs verliebt und auch ein paar Mahl sehr unglücklich. Dann aber lief mir dein Vater über den Weg und da wusste ich sofort, dass ist der Richtige."

Silvia: „ Und woher weiß man, dass es der Richtige ist?"

Die Mutter: „ Das spürt man einfach. Du wirst es auch merken. Du hast ja noch viel Zeit. Mache erst mal deine Ausbildung fertig und die Welt sieht bis dahin wieder anders aus."

Die Mutter nahm Silvia tröstend in den Arm, wie sie es früher getan hat, wenn sie krank war oder nicht alles so lief und sie sehr traurig war.

So vergingen wieder Monate. Silvia machte sich im Hotel sehr gut. Sie musste die Tische eindecken und brauchte nun keine Zimmer mehr sauber zu machen. Sie bekam auch einen anderen Chef, der ihr alles über die Feinheiten des gut gedeckten Tisch zeigte. Es war Herr Kranz. Er war ein stattlicher Mann, so um die dreißig Jahre alt. Er war immer sehr vornehm angezogen und ging kerzengerade. Er machte immer so ein wichtiges Gesicht. Silvia glaubte, er kann überhaupt nicht lächeln. Als Silvia aber einmal mit ihm zusammen die Tische deckte und die ersten Gäste kamen, da staunte Silvia. Er war sehr nett zu den Gästen und konnte sogar lächeln. Heute hatte Silvia mit Doris Dienst. Und sie deckten zusammen die Tische ein. Da noch keine Gäste in den Räumen waren, konnten sie auch ganz locker miteinander reden.

Doris: „ Du machst das ganz hervorragend. Ich konnte es am Anfang nicht so gut wie du. Ich bekam oft was zu hören von Herrn Kranz."

Silvia: „ Wie, hat er mit dir geschimpft?"

Doris: „Geschimpft, das ist überhaupt kein Ausdruck. Trampeltier hat er mich genannt und ungeschickte Gans."

Silvia war erschüttert: „ Ich habe ihn noch nie so etwas sagen gehört."

Doris: „ Na du machst ja auch alles genau nach Vorschrift. Du bist auch sehr geschickt. Das hast du bestimmt im Blut. Ich habe öfter mal was umgeschmissen. Jetzt mache ich aber alles richtig. Jedenfalls sagt er nichts mehr."

Als sie mit dem Eindecken der Tische fertig waren, kam Herr Kranz. Er ging von Tisch zu Tisch, nickte immer mit dem Kopf, sah Doris und Silvia freundlich an und sagte: „ Das habt ihr gut gemacht. Ich bin zufrieden. Er ging zur Glastür, schloss die Tür auf und schon kamen die ersten Gäste. Als Silvia Feierabend hatte, taten ihr die Füße so weh, wie noch nie. Sie wollte nur noch nach Hause und in ihr Bett.

Als sie zur Tür rein kam, war der Vater auch schon zu Hause und sagte: „ Da bist du ja, wie war's denn heute?"

Silvia: „ Es war sehr schön, aber ich bin fix und fertig. Meine Füße tun mir weh und ich will nur noch ins Bett."

Es vergingen die Monate und es wurde wieder Frühling. Silvia hatte sich nur noch in ihre Arbeit gestürzt. Ihr Chef, der Herr Kranz, war mir ihr sehr zufrieden.

Eines Tages kam da ein Brief von Frank, in dem stand:

Hallo, liebste Silvia,

ich komme in zwei Wochen wieder zurück. Ich habe Dir die ganze Zeit nicht geschrieben, weil ich dir keine falschen Hoffnungen machen wollte. Ich wollte ganz genau wissen, wann ich kommen kann. Nun ist es soweit. Ich hoffe, dass Du dich darüber freust. Ich kann aber leider nur 2 Wochen bleiben und muss doch für längere Zeit nach Australien. Wenn ich von dort zurück bin, bist du mit Deiner Ausbildung auch bald fertig und wir können mit Deinem Einverständnis natürlich, unsere Pension übernehmen. Aber darüber können wir ja noch miteinander reden. Erst mal ist es wichtig, dass wir uns wieder sehen können. Alles Andere kommt von alleine.

Ich denke jeden Tag an Dich. Ich hoffe, es geht Dir auch so. Ich freue mich, auf unser Wiedersehen.

Herzliche Grüße

Dein Frank

Silvia wusste nicht, ob sie sich darüber freuen sollte oder nicht. Sie dachte immer noch an Antonio. An diesem Wochenende hatte sie frei und sie verabredete sich mit Angelika. Sie hatten sich auch schon so lange nicht mehr gesehen. Diesmal war Silvia dran und ließ sich von ihrem Vater zu Angelika fahren. Angelika freute sich darüber, denn ihre Eltern waren in den Urlaub gefahren und sie waren alleine zu Hause. Sie machten sich 2 sehr schöne Tage. Angelika hatte auch mal ein freies Wochenende. Sie sagte zu Silvia: „ Ich freue mich, dass es endlich mal klappt und wir beide mal zusammen frei haben.“

Silvia: „ Ja, es hat lange genug gedauert. Wenn ich frei hatte, dann musstest du arbeiten und wenn du frei hattest, dann musste ich arbeiten.“

Am ersten Tag, redeten sie nur jeder über seine Arbeit. Angelika vom Stress im Krankenhaus und Silvia vom Hotel. Als sie sich am Abend, gemütlich mit einer Flasche Wein zusammensetzten, fragte Angelika: „ Was macht eigentlich dein Antonio?“

Silvia stand den Tränen nahe und schluchzte.

Angelika: „ Was ist denn los? Du kannst ruhig mit mir reden, wozu sind wir Freundinnen? Bei mir ist auch nicht alles so, wie du es dir vorstellst."

Silvia: „ Wieso denn?"

Angelika: „ Na ja, ich hatte auch schon mal so gut wie, einen festen Freund. Aber ich hatte immer Dienst, wenn er frei hatte. Er ist Bankangestellter. Er hatte jeden Sonntag frei und ich musste fasst immer arbeiten. So wie du sicherlich auch. So hatte ich mal an einem Sonntag frei und wusste es vorher nicht. Als ich ihn anrufen wollte, ist keiner ans Telefon gegangen. Ich dachte mir schon, dass er nicht zu Hause ist. Ich bin in unser Cafe' gegangen, wo wir uns ab und zu mal getroffen hatten. Ob du es glaubst, oder nicht. Er saß da mit einer Anderen. Sie saßen eng umschlungen. Ich wusste nicht, was ich tun sollte. Sollte ich einfach nur gehen? Da sah mich unser Kellner, der uns immer bedient hatte und sprach mich an. Er nannte mich beim Namen und da war es geschehen. Benjamin, so heißt er, sah mich mit großen Augen an und sah ziemlich erschrocken aus. Seine Lady, die dabei war, sah mich auch an und fragte ihn so ganz schnippisch, ob er mich kennt. Er kam erst gar nicht zu Wort, weil ich ihr sagte, dass ich seine Verlobte bin. Sie stand auf, knallte ihm eine runter und verschwand. Er stand da wie ein begossener Pudel. Ich habe mich umgedreht und bin auch gegangen."

Silvia: „ Ward ihr denn schon verlobt?"

Angelika: „ Nein, aber wir hatten es vor, es hing nur noch davon ab, wann wir mal zusammen frei hatten und da dies selten war, wurde es immer verschoben."

Silvia: „ Ja, so ähnlich ging es mir auch. Ich hatte immer so sehnsüchtig auf Antonio gewartet. Als er endlich kam, stellte er mir seine zukünftige Verlobte vor. Ich kann es

auch verstehen. Sie wird auch Ärztin. Was bin ich denn
schon. Ich werde mal eine Hotelfachfrau.
Aber es macht nichts, da ist ja noch Frank. Er wohnt
allerdings in Bayern. Seine Eltern haben eine Pension, die
soll er mal bekommen. Er will mich heiraten. Aber er muss
vorher noch nach Australien. Ich kann noch nicht mit, weil
ich mit meiner Ausbildung noch nicht fertig bin.“
Angelika: „ Liebst du ihn denn?“
Silvia: „ Das ist ja das Schlimme. Ich weiß es nicht. Ich mag
ihn sehr. Ob es Liebe ist? Ich weiß es nicht.“
Angelika: „ Das verstehe ich nicht. Du musst doch wissen,
ob du ihn liebst.“
Silvia: „ Ich glaube schon. Es ist nur so, ich denke noch zu
oft an Antonio. Mir tut das Herz weh, wenn ich an ihn
denke.“
Angelika: „ Du musst ihn einfach vergessen. Er hat doch
eine Andere. Er würde dich doch immer betrügen. Sieh
mal, du weißt ja nicht einmal, ob er mal in einem
Krankenhaus arbeitet. Wenn ich dass sehe, wie sich die
Schwestern manchmal um einen Arzt reißen. Gut, da ist
schon mal der Eine oder andere, der mich auch
interessieren würde. Aber nein, ich habe mir geschworen,
keinen Arzt, da kann kommen was will. Die im
Krankenhaus arbeiten, suchen bei den Schwestern und
auch bei den Schwesterschülern nur mal ein Abenteuer.
Dafür bin ich mir zu schade. Natürlich sind nicht alle Ärzte
gleich. Die meisten sind schon vergeben. Ich bin im
Moment Solo. Habe mal hier und da einen kleinen Flirt. Es
ist aber nichts Ernstes.“
Silvia: „ Ich beneide dich darum, dass du alles so
wegstecken kannst.“
Angelika: „ Was meinst du mit wegstecken?“
Silvia: „ Na, wenn du mit Einem Schluss gemacht hast, hast
du ruck zuck wieder einen Anderen.“

Angelika: „ Das sieht immer nur so aus. Ich habe auch ganz schön gelitten, als es mit Benjamin aus war. Das kannst du mir glauben. Ich habe mir auch geschworen, dass ich so schnell keine andere Beziehung eingehe. Es ist nämlich nicht so einfach, wenn aus irgendeinem Grund wieder Schluss ist.“

Silvia: „ Ich weiß auch nicht was ich machen soll. Ich mag diesen Frank sehr. Aber ich denke immer noch viel zu sehr an Antonio. Ich kann ihn einfach nicht vergessen. Sag mir, was soll ich machen?“

Angelika: „ Na jetzt ist er doch nicht da. Dann tröste dich mit anderen Sachen. Gehe immer mal aus. Mach dich schön und genieße das Leben. Wenn Frank zurückkommt, kannst du ja immer noch entscheiden, ob du ihn magst oder nicht.“

Silvia: „Meinst du?“ Sie holte tief Luft und sagte darauf: „ Am Besten ist, wir denken gar nicht an die verrückten Jungs und reden von etwas Anderem.“

Angelika: „ Du hast Recht. Wir ziehen uns jetzt an und gehen mal raus.“

Sie zogen sich an und gingen durch die Stadt. Sie machten einen Bummel, durch alle Geschäfte. Sie standen vor einem Eiskaffee. Angelika: „ Wollen wir reingehen?“

Silvia: „ Ich weiß nicht. Ich bin auf Diät.“

Angelika: „ Bist du blöd? Du bist doch nicht dick. Weshalb machst du eine Diät?“

Silvia: „ Als Antonio noch keine Freundin hatte und wir bei seinen Eltern waren, sagte er zu seiner Mutter, dass sie das Baby nicht so fett füttern soll, er hasse Mädchen, die so Speckröllchen haben. Ich hatte mich an meine Hüfte gefasst und da ein kleines Röllchen entdeckt. Seit dem esse ich nur, bis ich keinen Hunger habe. Ich esse mich nie richtig satt und naschen gibt es für mich überhaupt nicht mehr.“

Angelika schaute Silvia mit aufgerissenen Augen an und schüttelte ihren Kopf dabei, und sagte darauf: „Bist du noch bei Trost? Da macht doch das Leben keinen Spaß mehr. Man muss doch mal was naschen. Du bist so schlank, dass kann man nicht mehr schlank nenn, du bist dürr. Los komm, wir gehen jetzt einen Kaffee trinken und einen Becher Eis bestellen wir uns auch."

Sie gingen in das Cafe. Gleich an dem großen Fenster war ein Tisch frei und sie setzten sich dort hin. Silvia nahm die Karte zur Hand und begann zu lesen. Plötzlich legte sie die Karte wieder weg und fragte Angelika: „ Sag mal, was ist eigentlich aus deinem Freund Manfred geworden?"

Angelika: „ Ach ja, " sagte sie nachdenklich und kurz darauf: „ …. Er war nur mal ganz kurze Zeit mein Freund. Er war sehr nett aber er hat mich nicht für voll genommen. Ich war wohl selber Schuld daran."

Silvia: „ Wieso denn das?"

Angelika: Ich wollte ihm immer zeigen, dass ich mehr als nur einen Freund haben kann. Ich wollte ihm eigentlich nur zeigen, dass ich sehr begehrenswert bin. Ich habe mit vielen geflirtet. Ich habe es aber nie ernst gemeint."

Silvia: „ Ich weiß, du hattest ja auch mit Antonio versucht zu flirten."

Angelika: „ Das war aber nicht so gemeint. Ich wollte ihn dir auf keinen Fall wegnehmen. Aber eins ist klar. Er sieht wirklich umwerfend aus. Ich kann dich verstehen, dass du ihn noch immer liebst."

Der Ober kommt an den Tisch: „ Was darf ich den Damen bringen?"

Angelika: „ 2 Tassen Kaffee und zwei Riesen Eisbecher mit viel Früchten und Sahne."

Der Ober: „ Alles klar." Er lächelte Angelika und Silvia an und ging weiter.

Für Angelika und Silvia war es nun noch ein schöner Nachmittag geworden. Sie gingen wieder zu Angelika nach Hause. Sie waren sehr lange noch wach. Am nächsten Morgen, saßen sie noch am Frühstückstisch, da klingelte es. Angelika schaute aus dem Fenster, drehte sich zu Silvia und sprach: „ Dein Vater seht vor der Tür."

Der Vater kam zu den Beiden rein, setzte sich an den Tisch und trank mit ihnen zusammen noch eine Tasse Kaffee.

Silvia: „ Warum kommst du schon so früh?"

Der Vater: „ Ich soll dich abholen, weil auf dich eine Überraschung wartet."

Silvia: „ Was denn für eine Überraschung?"

Angelika und Silvia schauten den Vater fragend an.

Der Vater: „ Ich soll es dir nicht verraten."

Angelika: „Sie können aber herzlos sein."

Der Vater: „ Na gut. Herr Hofer wartet auf dich."

Angelika zu Silvia. „ Wer ist denn Herr Hofer?"

Silvia: „ Na das ist Frank. Ich dachte, er kommt in ein paar Tagen?"

Der Vater: „ Komm nach Hause und du wirst alles erfahren."

Silvia zog sich an und schien ziemlich verwirrt zu sein.

Der Vater: „ Was ist mit dir los? Ich dachte du freust dich, dass Frank gekommen ist."

Silvia: „ Ja schon, aber es kommt so plötzlich. Ich weiß nicht, was ich ihm sagen soll."

Silvia verabschiedete sich von Angelika und ging mit ihrem Vater mit nach draußen.

Als sie zu Hause ankamen, saß Frank mit Silvias Mutter im Wohnzimmer am Tisch und tranken Kaffee. Als Silvia mit ihrem Vater das Wohnzimmer betrat, stand Frank auf und reichte Silvia die Hand. Er sah sie sehr verliebt an und sagte: „ Ich freue mich, dass ich dich noch vor meiner Abreise nach Australien sehen darf. Ich möchte mit dir die

2 Tage verbringen und alles besprechen, was nur geht.
Deine Mutter hat nichts dagegen und ich denke mal, dein
Vater auch nicht." Er sah Silvias Vater an und der Vater
nickte.
Silvia: „ Ich freue mich auch. Aber was wollen wir den
ganzen Tag machen?
Frank: „ Ich bin mit meinem Auto gekommen. Es steht
unten vor der Tür. In den nächsten 2 Tagen kommt mein
Onkel aus Bayern und holt es ab. Ich muss dann zum
Flieger nach Australien und ich hoffe, dass die Zeit für uns
dann schnell vergeht und wir uns wieder sehen können.
Entweder du kommst nach Australien, oder ich komme
wieder zurück."
Er holte tief Luft, sah Silvia an und drückte ihre Hand ganz
fest an seinen Brustkorb. Dann küsste er ihre Hand und
sah sie wieder an.
Silvia stotterte: „ Ich weiß nicht was ich machen soll."
Die Mutter: „ Silvia, du musst doch wissen, ob du auf
Frank warten möchtest. Ich dachte, ihr liebt euch?"
Silvia: „ Ja, ich möchte warten und ich glaube auch, dass ich
ihn liebe."
Frank: „ Wie soll ich das verstehen? Du glaubst nur, dass
du mich liebst?"
Silvia: „Ihr bringt mich alle ganz durcheinander. Wenn ich
so viele Freunde schon gehabt hätte wie Angelika, dann
wüsste ich es bestimmt ganz genau."
Frank: „ Na wie viele Freunde hattest du denn vor mir?"
Silvia: „ Ich hatte noch gar keinen Freund. Ich dachte nur
mal, dass ich einen hatte, aber es war nicht so."
Silvia fing an zu weinen. Die Mutter stand auf, nahm Silvia
in dem Arm und fragte: „ Du meinst doch nicht etwa
Antonio?"
Silvia: „ Ja, genau der, ich hatte auf ihn gewartet. Er kam
aber mit einer Anderen."

Frank: „Hat er dir Versprechungen gemacht und nicht gehalten?"
Silvia: „ Nein, wir waren nur einmal im Kino und im Park, mit seiner kleinen Schwester spazieren."
Die Mutter atmete ganz tief ein und sagte: „ Ich dachte schon."
Silvia: „ Nein Mama, ich war nicht mit ihm im Bett."
Die Mutter: „ Aber Silvia, wie redest Du denn mit deinen Eltern?"
Silvia: „ Entschuldige bitte. Aber wenn man auf jemanden wartet, dass muss doch nicht immer heißen, dass man mit ihm gleich eine Beziehung eingegangen ist."
Frank: „ Nun, wenn du auf mich wartest, dann kann ich dir versichern, ich komme mit keiner anderen Frau zurück. Wenn du möchtest, können wir uns ja verloben. Ich kann auch 2 Tage später fliegen. Ich muss nur in Australien anrufen, dass ich etwas später komme."
Silvia: „ Das würdest du für mich tun?"
Frank: „ Ja, natürlich. Ich rufe auch gleich noch zu Hause an und dann kann mein Onkel das Auto auch 2 Tage später abholen. So, nun komm, wir wollen keine Zeit versäumen."
Der Vater: „ Wann kommt ihr denn wieder zurück?"
Frank: „ Reicht es, wenn ich sie in 2 Tagen vorbei bringe?"
Der Vater: „ Kommt gar nicht in Frage. Heute noch, und morgen können sie Silvia wieder abholen."
Frank: „ Geht auch klar."
Er nahm Silvia bei der Hand und stieg mit ihr ins Auto. Silvia zitterte am ganzen Körper. Sie war so aufgeregt. Was sollte heute noch alles passieren? Ihr drehte es sich im Kopf.
Vor einem Haus mit einem großen Parkplatz, hielt Frank an und sagte: „ So, wir sind da."
Silvia: „ Wo sind wir?"

Frank: „Ich habe hier ein Apartment gemietet. Ich muss es nur um einen Tag verlängern."

Silvia schaute Frank ganz fragwürdig an.

Frank: „ Was glaubst du, wo soll ich schlafen, bis ich abfliege."

Silvia stieg mit ihm aus und sie gingen ins Haus. Es war sehr groß. Sie mussten mit einem Fahrstuhl fahren. Sie stiegen aus und Frank führte sie über einen Flur. Vor einer Tür blieben sie stehen. Frank öffnete die Tür und sagte: „ Darf ich bitten."

Silvia betrat das Apartment und als Frank hinter ihr die Tür schloss, nahm er sie in seine Arme, holte tief Luft und sagte: „ Endlich, ich habe so lange auf diesen Moment gewartet, dass ich dich endlich in meine Arme nehmen kann."

Silvia war total verwirrt. Es war, als würden ihr tausende von Ameisen im Bauch krabbeln. Sie versank in seine Arme und sagte: „ Ich glaube, ich verliere jetzt meinen Verstand."

Frank nahm sie auf den Arm, trug sie zur Liege, legte sie dort nieder und küsste ihr Gesicht und ihren Hals. Er flüsterte „ Lass dich einfach fallen, es ist schon gut so. Ich liebe dich. Ich möchte dich für den Rest meines Lebens. Ich mag keine andere Frau, nur noch dich."

Silvia umarmte ihn und merkte, wie ihr die Sinne langsam entschwanden. Sie klammerte sich an seinem Körper fest und sagte: „ Ich liebe dich auch. Ich habe Angst vor diesem Gefühl."

Frank: „ Das musst du nicht haben, ich werde dich nicht verletzen und werde dich nie verlassen."

Die Verlobung

Er stand auf und sagte: „ Ich habe eine Flasche Wein
mitgebracht, die werden wir heute noch trinken."
Silvia: „ Ich habe noch nie so viel Wein getrunken."
Frank: „ Das macht nichts, wir müssen sie ja nicht
austrinken. Wir brauchen nur jeder ein Glas, zum
Anstoßen. Vorher muss ich dir aber noch etwas geben."
Er ging zum Schrank, schloss ihn auf und holte eine kleine
Schachtel raus. Er hielt Silvia die Schachtel hin und sagte: „
Öffne sie bitte." Er sah sie dabei an, so hatte Silvia noch
nie einen Mann gesehen, der sie so anschaut.
Silvia öffnete die Schachtel und da kam ein kleiner Ring mit
einem Stein zum Vorschein.
Frank schaute Silvia noch immer an und flüsterte mit
sanfter Stimme: „ Ich hoffe, dass dir der Ring passt, es ist
die kleinste Damengröße, die es gab."
Silvia: „ Wie komme ich dazu, der war doch bestimmt sehr
teuer."
Frank: „ Es soll ein Verlobungsring sein. Da spiel der Preis
keine Rolle."
Frank nahm den Ring aus der Schachtel und steckte ihn an
den Ringfinger ihrer linken Hand. Er umfasste Silvia,
küsste sie so innig, wie es noch keiner vorher getan hatte.
Frank stand wieder auf, holte zwei Gläser und die Flasche
Rotwein. Er öffnete die Flasche, goss beide Gläser halb voll
und sagte: „ Auf unsere Verlobung."
Sie stießen beide mit den Gläsern an. Silvia nahm nur einen
kleinen Schluck, dann fiel sie in seine Arme und sie
versanken beide in einer innigen Liebkosung.
Silvia war so aufgeregt, dass sie gar nicht mehr allem folgen
konnte, was da mit ihr geschah. Sie weiß nur noch, dass es
sehr schön war und dass Frank so zärtlich mit ihr war, dass
sie keinen Moment bereuen würde."

Es vergingen einige Stunden. Als Silvia wieder ganz sie selbst war, sprach sie mit etwas zitternder Stimme: „ Ich wusste nicht, dass es so schön sein kann."

Frank: „ So, jetzt lade ich dich zum Essen ein und dann bringe ich dich wieder nach Hause."

Silvia: „ Und dann?"

„ Wenn du morgen von deiner Arbeit kommst, dann hole ich dich wieder ab und wir verbringen den Nachmittag noch miteinander, denn am nächsten Tag muss ich leider fliegen.

Wenn ich gewusst hätte, dass ich dich kennen lerne, so hätte ich diese Aufgabe nicht angenommen. Aber jetzt müssen wir da durch. Ich will doch nur ein Jahr in Australien bleiben, danach gehe ich nach Bayern zu meinen Eltern, ich komme so oft ich kann, wenn ich frei habe zu dir. Du kannst aber, wenn du frei hast auch zu mir nach Bayern kommen. Wenn du mit deiner Ausbildung fertig bist, dann komme ich auch wieder zurück und wir können heiraten."

Frank fasste Silvia bei der Hand und sagte: „ So, jetzt kannst du dich duschen gehen, ich mache mich auch frisch und dann geht es los."

Frank ging mit Silvia in ein kleines Lokal. Es war schon ein Tisch für 2 Personen gedeckt. Silvia und Frank nahmen Platz, der Kellner kam, zeigte eine Flasche. Frank nickte dem Kellner zu. Der Kellner goss Silvia einen kleinen Schluck ins Glas und sah sie fragend an. Silvia probierte einen kleinen Tropfen. Sie nickte dem Kellner zu und er füllte beide Gläser. Silvia hatte noch immer nicht so richtig begriffen, was da geschah. Das Essen kam. Es war sehr reichhaltig, so dass Beide davor saßen und sich ansahen und fragten, für wen dies wohl alles sein sollte. Silvia konnte kaum etwas sagen, sie saß vor ihrem Essen und schaute nur auf ihren Teller. Frank sah sie an und fragte: „ Hast du irgend ein Problem?"

Silvia: „ Nein, ich komme nur so schnell nicht mit, was heute geschehen ist."

Frank: „ Tut es dir denn leid?"

Silvia: „ Was soll mir denn leid tun?"

Frank: „ Was heute mit uns geschehen ist?"

Silvia. „ Nein, mir tut es nicht leid. Im Gegenteil ich muss nur einen klaren Kopf darüber bekommen, was heute passiert ist."

Silvia sah während sie noch im Lokal waren, immer wieder ihren neuen Ring an. Frank bemerkte es und fragte: „ Gefällt er dir?"

Silvia: „ Ja, er gefällt mir sehr. Ich habe noch nie ein so schönes Geschenk bekommen."

Dann verstummte sie und dachte nach, was wohl ihre Eltern dazu sagen werden?

Frank rief den Kellner und flüsterte ihm etwas zu.

Silvia: „ Was hast du jetzt vor?"

Frank: „ Ich habe ein Taxi bestellt, welches uns zu deinen Eltern bringt."

Als das Taxi vor der Tür stand, nickte der Kellner Frank zu.

Silvia und Frank bestiegen das Taxi und fuhren los. Silvia versank wieder in die Arme von Frank und fühlte sich so sicher und wohl, wie noch nie in ihrem ganzen Leben.

Das Taxi hielt direkt vor der Haustür, von Silvias Eltern. Sie stiegen aus dem Taxi aus. Frank bezahlte und Silvia schloss die Haustür auf. Als sie den Flur betraten, ging die Tür vom Wohnzimmer auf und Silvias Mutter schaute auf den Flur.

„Da seid ihr ja endlich", sagte die Mutter erleichtert.

Silvia: „ Wieso, habt ihr euch Sorgen gemacht?"

Die Mutter: „ Kommt erst mal rein. Ja, wir haben uns
Sorgen gemacht, wo ihr so lange gewesen seid."
Frank und Silvia betraten das Wohnzimmer. Vater saß im
Sessel und schaute Beide fragend an.
Silvia: „ Wir waren eben noch zum Essen."
Der Vater: „ Warum denn den Blödsinn? Wir haben doch
gekocht."
Silvia ging zu ihrem Vater, fiel ihm um den Hals und sagte:
„ Vati schau mal, was ich für einen schönen Ring von
Frank bekommen habe." Sie hielt ihre linke Hand unter die
Nase von ihrem Vater.
Der Vater stand auf, sah Frank mit sehr strengem Blick an,
ohne ein Wort zu sagen.
Frank: „ Entschuldigung, ich wusste nicht, dass man die
Eltern noch um die Hand der Tochter bitten muss. Wenn
es noch so ist, dann möchte ich es hiermit nachholen."
Er ging auf Silvias Vater zu, stellte sich sehr feierlich in
Pose und sprach laut: „ Darf ich um die Hand ihrer
Tochter, Silvia bitten?"
Die Mutter fing an zu lachen und sagte: „ Nein, man
braucht nicht mehr um die Hand der Tochter bitten, aber
es kam jetzt sehr überraschend für uns."
Der Vater stand immer noch Regungslos da, die Mutter
ging auf ihn zu und sagte: „ Hartmut, nun krieg dich wieder
ein. Du hast auch nicht bei meinen Eltern um meine Hand
gebeten."
Der Vater: „ Das war was anderes Karla, ich wollte dich ja
auch heiraten."
Frank schaute Beide an und sagte: „ Ich will Silvia auch
heiraten."
Der Vater: „ So ein quatsch. Du willst nach Australien.
Silvia muss hier bleiben, weil sie noch in Ausbildung ist und
überhaupt" er holte tief Luft, „ und überhaupt, bleibt
meine Tochter hier. Sie geht nicht nach Australien."

Silvia stand da, wollte immer wieder was sagen, aber sie kam einfach nicht dazu, weil jeder der was zu sagen hatte, Silvia nicht zu Wort kommen ließ.

Jetzt reichte es Silvia und sie sagte ziemlich laut: „ Darf ich auch mal was sagen? Es geht hier schließlich um mich. Mich fragt wohl keiner, was meine Meinung dazu ist."

Jetzt war erst mal Ruhe eingetreten. Alle schauten zu Silvia.

Silvia verschränkte ihre Arme vor ihrem Körper und sagte: „ Warum macht ihr so ein Geschrei? Frank und ich haben uns verlobt. Wir werden eine Probezeit durchlaufen und wenn wir die bestanden haben, dann wissen wir, dass wir uns lieben. Es ist schließlich und allein unsere Angelegenheit. Ich habe noch viel zu lernen und Frank muss auch noch einiges dazu lernen. Als Frank sich in Australien beworben hatte, da haben wir uns noch nicht gekannt. Jetzt kennen wir uns und wir lieben uns. Wir werden sehen, was daraus wird. Ich wäre auch froh, wenn es nicht so wäre und Frank könnte hier bleiben."

Silvias Vater schaute seine Tochter an und sagte: „ So habe ich dich noch nie reden gehört."

Silvia: „ Bis her hatte ich es auch nicht nötig. Ich war ja mit allem einverstanden, wie es gewesen ist. Ich respektiere die Familie. Aber nun bin ich mal an der Reihe."

Die Mutter: „ Ja, Hartmut, da muss ich Silvia beipflichten. Wenn ich so sehe, wie andere Mädchen so ihren Alltag verbringen, können wir mit unserer Silvia wirklich zufrieden sein."

Frank verabschiedete sich von Silvia und sagte: „ Ich hole Dich morgen von der Arbeit ab und wir können noch den Nachmittag verbringen, danach muss ich noch in der Nacht los, damit ich den Flieger erreiche."

Silvia brachte Frank noch nach draußen und verabschiedet sich von ihm.

Als Silvia wieder ins Wohnzimmer kam, sagte keiner mehr ein Wort. Silvia setzte sich zu ihrer Mutter und sagte: „ Ich bin froh, dass ich Frank getroffen habe. Ich bin nur etwas traurig, dass er jetzt so weit weg muss"

Die Mutter: „ Ich kann dich verstehen. Aber du wirst es schaffen."

Silvia: „ Ja, ich denke schon. Es können ja nicht alle so sein wie Antonio. Er hatte mich fühlen lassen, dass er mich mag, und dann kam er mit einer Anderen an."

Die Mutter: „ Wie habt ihr euch richtig geliebt?"

Silvia: „ Ja. Mutti, das heißt nein, nicht so wie mit Frank. Ich mochte Antonio sehr, aber wir haben uns nicht ……"

Silvia stockte und es rollten ihr ein paar Tränen über die Wangen. Die Mutter nahm Silvia in den Arm und sagte: „ Ich kann dich verstehen, er war deine erste Liebe. Aber wenn nichts weiter passiert ist, ist es schon gut, dass du jetzt Frank kennen gelernt hast."

Der Vater stand auf, ging zur Tür: „ Ich habe wohl nichts mehr zu sagen. Ich gehe am besten ins Bett."

Silvia ging auch ins Bett. Die Nacht war ziemlich kurz. Sie musste doch am nächsten morgen schon sehr früh aufstehen.

Als sie im Hotel ankam, war schon einiges los. Es sollte eine große Gesellschaft heute kommen und es war noch viel zu tun.

Herr Kranz rannte wie aufgezogen durch die Räume. Doris fing schon an die Tische zu decken.

Da kam Herr Kranz auf Silvia zu und sagte ganz aufgeregt: „ Silvia, sie müssen noch alle Gläser, die dort drüben stehen nachpolieren und wenn sie damit fertig sind, helfen sie doch bitte noch die Tische eindecken."

Silvia: „ Ja, gut ich fange sofort an."

Es war ein sehr hektischer Tag. Die Zeit verging wie im Flug. Silvias Füße schmerzten sehr und am liebsten hätte sie sich zu Hause ins Bett gelegt. Als aber der Feierabend immer näher rückte, war sie doch schon sehr aufgeregt, weil ja Frank kommen würde.

Als sie das Hotel verließ, stand Frank schon auf der Straße. Silvia fiel ihm um den Hals. Plötzlich stand Doris neben den Beiden. Silvia schaute sie an und fragte: „ Wo kommst du denn her?"

Doris: „ Ich wollte euch wirklich nicht stören", sie drehte den Kopf zur anderen Seite und deute mit einem Kopfnicken zur anderen Seite hin, „ da steht Jemand und beobachtet Euch."

Silvia schaute und da, Frau Weber schaute zu ihnen herüber.

Frank schaute auch und fragte: „ Warum schaut sie denn so entgeistert?"

Doris: „ Na du weißt doch, dass sie immer hinter dir her war. Sie hatte es irgendwie auch akzeptiert, dass du keine Notiz von ihr genommen hattest. Dann kam noch dazu, dass Silvia ihr Liebling von den Auszubildenden war. Sie hat immer in den höchsten Tönen von ihr geschwärmt, wie sorgfältig und genau Silvia ihre Arbeit macht. Dann aber verstummten ihre Lobesgesänge."

Frank: „ Wieso denn das?"

Doris: Na, seit sie mitbekommen hat, dass ihr Beide ein Paar seid."

Silvia: „ Na bloß gut, dass ich jetzt im Moment nicht mehr bei ihr bin. Herr Kranz hat bestimmt nichts dagegen, dass ich mit Frank zusammen bin."

Doris lächelte und sagte: „ Ich gehe lieber mal und wünsche euch noch viel Spaß." Sie drehte sich um und ging.

Frank nahm Silvia in den Arm und fragte: „ Was wollen wir machen? Gehen wir zu mir oder willst du zu Dir?"

Silvia: „ Na, bei mir sind wir ganz bestimmt nicht ungestört. Mein Vater ist jetzt schon zu Hause. Wenn meine Mutter alleine zu Hause wäre, wären wir in meinem Zimmer ungestört."

Frank küsste Silvia auf die Stirn, nahm sie ganz fest in seine Arme: „ Es hat dir also mit mir gefallen? Das wollte ich hören."

Silvia: „Habe ich jetzt was falsches gesagt?"

Frank: „ Nein mein Schatz. Wir gehen jetzt zu mir. Ab heute Abend gehört mir das Apartment nicht mehr. Ich habe es abgemeldet, denn ich bin ja nun ein Jahr nicht mehr hier."

Silvia und Frank gingen zu dem Apartment. Silvia zitterte im Fahrstuhl vor Aufregung und als Frank sie wieder in den Arm nahm, sagte er: „ Was ist Liebling, du zitterst ja so?"

Silvia: „ Ja, ich weiß auch nicht warum. Ich glaube ich bin ein wenig aufgeregt."

Sie stiegen aus dem Fahrstuhl und da standen sie wieder vor der Tür. Frank schloss die Tür auf und als sie Beide die Tür hinter sich zu hatten, nahm Frank, Silvia wieder auf seine Arme und trug sie zur Liege. Silvia klammerte sich an Frank fest und versank in seinen Armen.

Silvia: „Ich war noch nie so glücklich in meinem Leben."

Frank: „ So muss es auch sein. Ich liebe dich mein Schatz. Wenn ich wieder zurück bin, dann heiraten wir. Du bist mir doch dieses eine Jahr treu?"

Silvia: „Was denkst du denn? Ich habe doch keinen Anderen. Ich liebe nur noch dich."

Als Silvia dies sagte, hörte er einen Moment mit seinen Liebkosungen auf und fragte: „ Wie meinst du das? Du liebst nur noch mich? Hast du einen anderen auch schon geliebt?"

Silvia erschrak über diese Frage. Sie setzte sich, schaute Frank an und sagte: „ Na du weißt doch, dass ich vor Dir noch keinen anderen Mann hatte. Ja, ich war auch schon mal ein wenig verliebt, aber dies waren nur Träumereien. Er war sehr schön und ich habe ihn verehrt."
Frank: „ Wieso war?"
Silvia: „ Na ja, er wohnt nicht hier und hat in der Zwischenzeit geheiratet. Für mich ist er eben nur Vergangenheit. Willst du mir etwa sagen, dass dir noch nie ein anderes Mädchen gefallen hatte?"
Frank: „ Du hast ja Recht. Es ist quatsch, sich darüber zu streiten. Komm, wir machen es uns gemütlich."
Für Silvia war es zu dieser Zeit der verrückteste und wildeste Nachmittag, den sie je in ihrem Leben hatte. Als die Zeit gekommen war und sie sich verabschieden mussten, standen ihr die Tränen sehr nahe. Sie gingen eng umschlungen zum Fahrstuhl und Frank brachte sie noch nach Hause. Silvias Eltern waren beide zu Hause. Als Silvia den Flur betrat, öffnete die Mutter die Wohnzimmertür und sagte: „ Kommt rein."
Silvia und Frank betraten das Wohnzimmer. Der Vater stand da mitten im Zimmer und schaute Silvia mit großen Augen an, als wenn er etwas an ihr entdecken wollte.
Frank ging auf Silvias Vater zu, gab ihm die Hand und sagte: „ Ich möchte mich verabschieden."
Der Vater gab Frank die Hand, nickte mit dem Kopf: „ Wir wünschen Dir einen guten Flug."
Die Mutter stand etwas hilflos rum, bis sich Frank auch an Sie wendete und ihr die Hand gab.
Sie sagte: „ Komm gut an und auch wieder zurück."
Frank nahm Silvia noch einmal in die Arme und flüsterte ihr zu: „ Pass gut auf dich auf. Das Jahr wird bestimmt schnell vergehen."

Frank verließ die Wohnung von Silvias Eltern. Als Silvia ihn raus bringen wollte, sagte er nur noch: „ Bleibe bitte hier, mach es mir nicht so schwer, ich finde alleine raus." Der Vater: „ Ich bringe dich raus." Er legte den Arm um Frank seine Schultern und ging mit ihm raus. Er blieb ziemlich lange draußen. Es kam Silvia jedenfalls so vor. Als er wieder ins Wohnzimmer kam, nahm er Silvia in den Arm, küsste sie auf die Stirn: „Das soll ich dir noch von Frank geben." Er drehte sich von Silvia weg, nahm seine Frau in den Arm und sagte zu ihr: „ Ich glaube, es ist ihm wirklich sehr schwer gefallen. Er liebt unsere Tochter sehr."
Silvia hatte die ganze Nacht kaum geschlafen. Ihr drehte sich alles im Kopf. Ob er ihr auch treu bleibt. Sie sah sein Gesicht. Plötzlich erschien ihr auch das Gesicht von Antonio. Liebt sie ihn denn immer noch? Sie wusste es einfach nicht. Nur eins war klar, sie konnte ihn nicht vergessen.
Er hatte ihr sehr wehgetan. Sie muss ihn vergessen.
Der nächste Morgen kam. Silvia stand auf, ging ins Bad. Als sie in die Küche kam, lag nur ein Zettel auf dem Tisch. Silvia nahm den Zettel in die Hand und drauf stand

Hallo Silvia,
Dein Essen für die Arbeit, liegt im Kühlschrank. Tee ist in der Isolierkanne. Mache Dir noch,
bevor Du zur Arbeit gehst, was zum Frühstück und gehe nicht immer ohne was zum Essen zur
Arbeit.

Gruß, Mama und Papa!

Silvia trank den Tee, den die Mutter ihr hingestellt hatte, nahm ihr Essen aus dem Kühlschrank und ging zur Arbeit.

Es war wie immer sehr viel los. Sie war auch Froh darüber, denn wenn man genug zu tun hat, dann denkt man nicht immer daran, wie es einem geht.

Als Silvia wieder alle Tische eingedeckt hatte, kam Frau Weber in den Saal und ging schnurstracks auf Herrn Kranz zu. Silvia schaute ihr noch hinterher, aber Frau Weber würdigte Silvia keinen Blick. Sie redete mit Herrn Kranz und er nickte ihr zu. Frau Weber verließ kurz darauf den Saal wieder, ohne Silvia einmal anzusehen.
Der Tag war wieder sehr anstrengend und Silvia schuftete wie nie zuvor.
Herr Kranz zu Silvia: „ Silvia, sie waren sehr fleißig und ich bin stolz auf sie. Ich hoffe, wenn sie ihre Ausbildung fertig haben, dass sie dann immer bei uns bleiben werden.“
Silvia: „ Herr Kranz, ich freue mich, dass sie mit mir zufrieden sind. Es dauert ja noch zwei Jahre, bis ich mit meiner Ausbildung fertig bin.“
Doris kam dazu und schaute Silvia fragend an. Silvia lächelte nur und sagte: „ Hast du irgendwas?“
Doris: „ Wie war's denn gestern?“
Silvia: „ Schön, aber auch traurig.“
Doris: „ Das kann ich verstehen. Man kann ja noch nicht mal telefonieren, denn bis nach Australien ist es doch viel zu teuer.“
Silvia: „ Na, ich denke mal, dass wir uns schreiben werden und vielleicht einmal im Jahr auch mal telefonieren werden.“
Herr Kranz kam auf Doris und Silvia zu und sagte: „ Ich muss morgen noch mit euch Beiden reden. Es ist sehr Wichtig, denn nächsten Monat haben wir hier einen Ärztekongress. Es kommen Ärzte aus aller Welt und da müssen wir besonders drauf vorbereitet sein. Frau Weber

hat auch schon mit mir gesprochen. So, ihr Zwei, dann bis morgen."

Doris und Silvia gingen in den Umkleideraum. Silvia: „ Mir ist so flau im Magen."

Doris: „ Hast du denn heute schon was gegessen?"

Über diese Frager erschrak Silvia und dachte darüber nach. Sie hatte ja noch das ganze Essen, was ihr die Mutter fertig gemacht hatte. Sie hatte es überhaupt nicht angerührt.

Silvia nahm das Paket aus dem Kühlschrank und sagte zu Doris: „ Habe ich ganz vergessen. Jetzt weiß ich auch, warum mir so schlecht ist."

Doris: „ Wie, du hast den ganzen Tag gearbeitet, ohne etwas zu essen?"

Silvia: „ Ja, ich habe aber viel Wasser getrunken."

Doris: „ Warum machst du denn so etwas?"

Silvia: „ Ich weiß nicht. Ich habe es nicht bemerkt, dass ich noch nichts gegessen habe."

Doris: „ Hast du Liebeskummer?"

Silvia: „ Ich weiß es nicht, Frank fehlt mir so sehr."

Doris: Kann ich ja verstehen, aber es laufen doch noch so viele Jungs rum, mit denen kannst du doch ein wenig flirten."

Silvia: „Das mache ich nicht. Ich betrüge Frank nicht."

Doris: „ Du sollst doch nicht mit den anderen Jungs ins Bett. Du sollst doch nur flirten, das lenkt dich ein bisschen ab."

Silvia: „Ich muss erst mit dieser Situation fertig werden. Ich kann es immer nicht verstehen, auch meine Freundin Angelika hat mir gesagt, dass sie immer wenn einer weg ist, sie mit dem nächsten flirtet. Ich kann dies nicht. Ich weiß nicht, ob es nur mir so geht. Ich kann einfach nicht so wie du es sagst, ich finde keinen anderen Jungen interessant genug, um mit ihm zu flirten."

Doris: „ Du tust dich aber schwer. Wenn ich es mit jedem der Jungs ernst gemeint hätte, dann wäre ich schon mindestens achtmal verlobt und zwei oder dreimal verheiratet. Nein dafür bin ich mir zu schade. Da muss erst d e r Traumprinz kommen. Der war aber noch nicht dabei. Oder ist Frank schon d e i n Traumprinz? Das kann doch nicht sein. Der Erste, der dir über den Weg läuft, kann doch nicht d e r Traumprinz sein."

Silvia: „ Ich bin mir nicht sicher, ich hatte mich schon vor Frank in Antonio verliebt, ich glaubte es jedenfalls." Silvia senkte dabei ihren Kopf nach unten und war sich nun gar nicht mehr so sicher, ob Frank wirklich d e r Mann ihre Lebens ist.

Doris: „ Und, wie war er?"

Silvia: „ Was meinst du mit wie er war?"

Doris: „ Na so als Liebhaber?"

Silvia: „ Ich weiß es nicht, wir haben nur miteinander gekuschelt und uns mal geküsst."

Doris: „ Das glaub ich nicht", sie schlug dabei ihre Hände über den Kopf, hob ihren Kopf nach oben und sah gleich darauf Silvia wieder an, „ und so was gibt es heute noch? Und in den bist du verliebt?"

Silvia: „ Ja, ich glaubte es zumindest."

Weil Silvia viel arbeiten musste, vergingen die Tage wie im Fluge. Vier Tage vor dem großen Ärztekongress, trafen sich Silvia und Angelika wieder, an einem Tag, wo sie endlich mal frei hatte. Sie freuten sich Beide darauf, dass sie sich endlich mal wieder sehen konnten.

Angelika kam diesmal wieder zu Silvia und Angelika sagte: „ Du musst mir versprechen, dass du das nächste Mal wieder zu mir kommt, wenn es die Zeit erlaubt..."

Silvia: „ Ja, natürlich. Es wird nur eine ganze Weile dauern, bis ich mal wieder frei habe. Wir haben in vier Tagen einen

großen Ärztekongress und der wird mindestens eine Woche dauern. Da bekommt von uns keiner frei."
Angelika: „ Hör mir bloß auf, mit den Ärzten. Bei uns ist immer was los. Was meinst Du, bei uns hat ne neue Ärztin angefangen, die macht ihr Praktikum. Die Ärzte und auch die Pfleger, die sind hinter ihr her, wie der Teufel hinter die Seele. Na ja, sie ist ja auch sehr hübsch. Hat lange schwarze Haare, die sie immer wie eine alte Frau nach oben bindet. Manchmal macht sie sich nur einen Pferdeschwanz, dann sieht es natürlich besser aus. Aber einmal, da bin ich in den Umkleideraum gekommen, da hatte sie sich gerade gekämmt, was meinst du, was die für schöne Haare hat. Sie sah aus wie Schneewittchen. Aber sie ist auch verheiratet."
Silvia: „ Na schön und warum regst du dich darüber so auf. Du kannst doch über Männerbekanntschaften auch nicht klagen."
Angelika: „ Nein, ich bin immer noch mit Manfred zusammen. Na gut, wir waren mal kurze Zeit auseinander, aber jetzt sind wir verlobt und wollen auch mal heiraten. Aber jetzt kommt es. Er hat diese Ärztin gesehen und war hin und her gerissen. Ich könnte sie umbringen."
Silvia: „ Na wenn sie verheiratet ist, musst du dir doch keine Sorgen machen."
Angelika: „ Du hast ja Recht. Aber zu wissen, dass er nach einer Anderen schaut, das tut ganz schön weh."
Silvia: „ Du musst dich gerade melden. Du warst doch auch nicht anders."
Angelika: „ Na, nun mal zu dir, Was macht die Liebe?"
Silvia: „ Na Frank ist doch nun in Australien. Es ist schrecklich, er ist so weit weg und Doris sagte zu mir, dass ich mit Anderen flirten soll, um über den Schmerz hinweg zu kommen."

Angelika: „ Da hat sie Recht. Du sollst ja auch nur flirten, damit du dich bestätigt fühlen kannst, dass du noch begehrenswert bist."

Silvia: „ Das kann ich nicht. Ach, wie heißt denn die umwerfend aussehende Ärztin bei euch?"

Angelika: „ Du, die hat erst vor kurzem geheiratet. Die hieß wohl vorher Schwarz und jetzt, hat sie so einen ausländischen Nachnahmen, wir sagen alle nur Eveline zu ihr. Die meisten rufen sie auch nur Evchen."

Als Angelika dies sagte, zuckte es durch ihren ganzen Körper und sie sagte: „ Sie heißt bestimmt Bernadoni. Stimmt's?"

Angelika schaute Silvia ganz erstaunt an und sagte: „ Ja, woher weißt du das?"

Silvia: „ weil ich ihren Mann kenne."

Angelika: „ Woher kennst du den Mann?"

Silvia, „ Kannst du dich noch erinnern, als wir im Kino waren, du mit Manfred und ich mit Antonio?"

Angelika: „ Sag bloß, der hübsche von damals?"

Silvia: „ Ja, den meine ich."

Angelika: „ Ich werde verrückt. Warum hast du den nicht behalten?"

Silvia: „ Du bist gut, er hatte in Berlin studiert und als er wiederkam, war er schon mit dieser Eveline verlobt und kurz danach habe sie geheiratet."

Angelika: „ Na irgendwo kann ich ihn auch verstehen, die sieht wirklich umwerfend aus."

Silvia: „ Nun lass uns das Thema wechseln, ich habe schon genug Kummer, mit meinem Frank, da muss ich nicht noch laufend an Antonio erinnert werden."

Der freie Tag wurde für Silvia und Angelika doch noch ein schöner Tag. Sie gingen in ein schönes Eiskaffee anschließen wieder nach Hause zu Silvia, wo die Mutter von Silvia ein schönes kaltes Buffet gemacht hatte. Der

Vater war auch begeistert, als er nach Hause kam, sagte er zu Angelika: „ Du kannst ruhig öfter mal kommen, dann macht Karla immer so ein leckeres Essen."

Angelika: „ Ihr könnt doch auch mal alle bei uns zu Hause kommen, dann hat meine Mutter auch mal was zu tun, die weiß sonst nicht, was sie vor Langeweile machen soll."

Der Vater: „ Ich nehme dich beim Wort und dann kommen wir alle Drei."

Der Tag war so schnell vorbei und Silva musste wieder zur Arbeit.

Alle die mit Ihrer Ausbildung noch nicht fertig waren, mussten auch noch bevor sie mit der eigentlichen Arbeit angefangen haben noch zu Frau Weber und die Zimmer in Ordnung bringen. Dazu gehörte auch Silvia. Als Silvia sich bei Frau Weber meldete, sagte Frau Weber zu ihr: „Na, was macht denn Herr Hofer?"

Silvia: „ Na, das wissen sie doch, dass er in Australien ist."

Frau Weber: „ Ja, und was wird aus euch Zweien?"

Silvia: „ Wir sind verlobt und ich warte, bis er wieder zurück kommt, danach wollen wir heiraten."

Frau Weber: „ Na wie schön für euch ."

Silvia wurde für mehrere Zimmer eingeteilt, die sie, bevor sie mit ihrer eigentlichen Arbeit anfing noch putzen musste. Silvia tat dies wie immer, sehr gründlich, so dass Frau Weber nichts an ihr aussetzen konnte. Auch Doris musste einige Zimmer vorher noch putzen.

Als sie sich wieder im Gästesaal trafen, sagte Doris zu Silvia: „ Das ist reine Schikane."

Silvia: „ Wieso denn, die schaffen es eben nicht und wenn so viele Ärzte kommen, dann muss eben alles fertig sein."

Täglich, bis zu dem Tag, als der Kongress begann, mussten alle, immer noch ein bis zwei Zimmer fertig machen. Weil jeden Tag noch eine Person oder eine Familie ausgezogen ist.

Nun kam der Tag, an dem der Kongress begann. Alle Angestellten mussten sehr pünktlich anwesend sein und es wurde alles noch einmal überprüft, ob alles in Ordnung ist. Jetzt kamen die ersten Gäste. Frau Weber war gekleidet und frisiert, so hatte sie noch keiner von den Angestellten gesehen. Wie eine richtige Lady. Sie trug ein schwarzes Kostüm und zeigte den Gästen, wo ihre Zimmer sind. Doris und Silvia standen hinter einem Frühstücksbuffet und warten, bis einer der Gäste zu ihnen kam. Es wurden immer mehr Gäste und Silvia musste in die Küche Teller nachpolieren, weil das Küchenpersonal es nicht mehr schaffte. Als Silvia Feierabend hatte taten ihr die Füße so schmerzen, dass sie kaum noch laufen konnte.

Silvia kam nach Hause und schaute nur bei ihren Eltern ins Wohnzimmer um zu sagen: „ Mutti, Vati, ich mache mich fürs Bett fertig, ich kann nicht mehr, ich gehe jetzt schlafen."

Am anderen Morgen ging es fast genau so weiter, nur das es diesmal umgekehrt war. Doris und Silvia mussten erst die Tische eindecken und danach sollten sie nachschauen, welche Zimmer sie schon anfangen konnten um die Betten zu richten und die Zimmer in Ordnung zu bringen, denn dies durfte man nur, wenn der Gast sich nicht im Zimmer befand.

Doris und Silvia deckten die Tische ein. Anschließend polierte Doris die Gläser und Silvia richtete das Frühstücksbuffet. Als sie dann selber Frühstück machen wollten, kam Frau Weber in den großen Frühstückssaal und rief: „ Herr Kranz!"

Herr Kranz kam sofort und Frau Weber darauf: „ Ich brauche die beiden Mädchen, die ersten Zimmer sind schon frei geworden."

Wiederbegegnung mit Antonio

Herr Kranz sah zu Silvia und Doris und fragte: „ Wer von euch Beiden kann denn nun schon nach oben gehen?"
Silvia: „Ich bin soweit fertig."
Doris: „ Ja, ich auch, wir wollten nur mal schnell auch was essen."
Frau Weber: „ Dafür habt ihr nachher noch Zeit genug, wir müssen die Zimmer, welche die Gäste schon verlassen haben, bevor sie wieder zurück sind schon aufräumen. Die Gäste sollen sich doch wohl fühlen. Ihr wisst ja, es hängen überall Schilder an den Türklinken, wo ihr schon rein könnt und wo ihr noch warten müsst."
Silvia und Doris gingen in die erste Etage. Doris zu Silvia: „ Ich fange rechts an und du links. Okay?"
Silvia nickte und begann gleich mit dem ersten Zimmer.
Als sie dann im dritten Zimmer war und sie im Bad den Spiegel putzen wollte, ging die Tür auf und einer der Gäste muss wohl etwas vergessen haben.
Silvia rief aus dem Bad: „ Ich bin hier im Bad." Sie konnte nicht wissen, ob es Doris war oder ob einer der Gäste etwas vergessen hatte.
Da hörte sie eine Stimme, die ihr vertraut war, aber sie lange schon nicht mehr gehört hatte.
Sie ging in den Wohnraum des Zimmers und da wurde ihr gleich so heiß, wie noch nie und die Knie fingen an zu zittern. Vor ihr stand Antonio.
Antonio sah Silvia mit seinen großen schwarzen Augen an und sagte: „ Das ich dich hier wieder sehe, hätte ich nie gedacht."
Er ging auf Silvia zu. Silvia ging gleich ein paar Schritte zurück und sagte: „ Nein bitte nicht."
Antonio: „ Was denn bitte nicht?"
Silvia: „ Bitte fass mich nicht an."

Antonio: „ Hast du etwa Angst vor mir? Ich tu dir doch nichts."

Silvia: „ Ich weiß nicht, ob ich vor dir Angst haben soll. Ich will hier raus."

Antonio fasste Silvia an die Hände und schaute sie sehr ernst an. Dann sagte er: „ Ich will dich doch nur mal ansehen und mit dir reden."

Silvia: „ Was willst du denn mit mir reden? Wozu willst du mich ansehen. Ich interessiere dich doch nicht."

Antonio: „ Wie kommst du denn darauf? Natürlich interessierst du mich."

Silvia: „ Nein, du bist verheiratet und ich bin verlobt."

Antonio schaute Silvia unglaubwürdig an und sagte: „ Das glaube ich nicht. Du bist verlobt?"

Silvia war jetzt sehr zornig und sagte: „ Wieso glaubst du nicht, dass ich verlobt bin? Bin ich etwa so hässlich, dass mich kein anderer Mann mag?"

Antonio: „ Nein, du bist nicht hässlich, ich kann es nur nicht glauben, weil du immer so schüchtern warst."

Silvia: „ Das hat sich eben geändert. Ich werde auch bald heiraten." Sie drehte sich von Antonio weg und ging wieder ins Bad. Dort nahm sie ein Ledertuch und polierte den Spiegel. Plötzlich stand Antonio wieder hinter ihr und nahm sie in den Arm.

Silvias Herz raste bis zum Hals hoch.

Silvia dachte, dass sie jeden Moment den Verstand verlieren würde. Sie nahm aber alle Kraft zusammen und sagte: „ Meine Kollegin kann jeden Moment hier auftauchen und wir müssen unten die Tische noch fertig machen. Ich muss einfach arbeiten.

Antonio ließ sie los und sagte: „ Wenn Du Feierabend hast, dann können wir uns doch treffen.

Silvia: „ Wo denn?"

Antonio: „ Na hier, in diesem Zimmer. Ich hänge ein Schild an die Tür, dass ich nicht gestört werden möchte und dann haben wir unsere Ruhe."

Silvia: „ Ja, wofür hältst du mich denn? Ich bin doch kein Flittchen."

Antonio: „ Ich halte dich nicht für ein Flittchen. Ich liebe dich. Ich möchte dich einfach nur lieben dürfen."

Silvia: „Das hättest du dir früher überlegen sollen. Bevor du geheiratet hast."

Antonio: „ Das verstehst du nicht, ich werde dir mal alles irgendwann erklären, dann wirst du mich verstehen, warum ich so schnell geheiratet habe."

Silvia: „Ach ja, erklären möchtest du es mir, dann bin ich ja mal gespannt."

Antonio: „ Du bist ganz schön kratzbürstig geworden." Er ging mit diesen Worten wieder auf sie zu, nahm sie in den Arm und küsste sie einfach. Erst versuchte sich Silvia zu wehren, wurde aber gleich darauf ganz ruhig und versank in seinen Armen. Sie bemerkte, wie ihr Herz klopfte. Sie schmiegte sich ganz fest an ihn und hatte das Gefühl, dies ist der richtige Mann für sie. Als er sie los lies, schossen ihr tausend Gedanken durch den Kopf, Frank, wie soll sie reagieren, was soll sie tun. Liebt sie ihn denn auch, geht das überhaupt. Antonio schaute sie an und sagte ganz leise zu ihr: „Ich liebe dich Silvia."

Silvia schaute ihn ganz verträumt an und flüsterte: „ Ich liebe dich auch. Aber Frank, mit ihm bin ich verlobt und solange du nicht in meiner Nähe warst, habe ich ihn auch geliebt. Das geht doch nicht, was soll ich tun?"

Silvia wollte gerade wieder in seinen Armen versinken, als es an der Tür klopfte und Doris Stimme erklang: „ Silvia, bist du hier drin?"

Silvia: „ Ja, ich komme gleich." Da ging die Tür auf und Doris stand schon im Zimmer. Man konnte sehen, dass sie sich erschrocken hat und stammelte: „ Oh, ich konnte nicht wissen....... äähh...., dass hier noch jemand drin ist. Silvia, wir sollen doch nicht in die Zimmer, wenn noch ein Gast im Zimmer ist."

Antonio: „ Dies geht schon in Ordnung, ich habe ihre Kollegin rein gebeten, sie sollte mir mal helfen, die Krawatte anzulegen. Ich hoffe, ich habe da keine Umstände gemacht."

Doris: „Nein, dies geht schon in Ordnung. Ich gehe dann mal schon in ein anderes Zimmer. Und, Silvia, wir treffen uns dann unten." Silvia nickte und sagte: „ Ja, okay, ich komme dann gleich nach."

Doris verschwand aus dem Zimmer, machte die Tür hinter sich zu und schon waren sie wieder alleine.

Silvia: „ Ich muss jetzt gehen. Du siehst, ich komme noch in Teufels Küche. Frau Weber ist sehr streng mit uns."

Bevor Antonio etwas sagen konnte lief sie aus dem Zimmer. Vor der Tür holte sie tief Luft und ging nach unten. Da stand Frau Weber und Herr Kranz zusammen und redeten miteinander. Doris stand abseits und sagte: „ Na, bist du auch fertig, wir wollen erst mal was essen."

Silvia nickte und ging zu Doris. Als sie sich an ihren Tisch setzten, sah Doris zu Silvia und fragte: „ Und?"

Silvia: „ Was denn?"

Doris: „ Na den kennst du doch. Ihr wart Beide ganz schön verlegen, als ich in der Tür stand."

Silvia: „ Ach, das bildest du dir nur ein. Wir kennen uns nicht." Silvia lief rot an.

Doris: „ Alles klar, ihr kennt euch nicht, danach sah es aber nicht aus."

Silvia: „ Sei bloß ruhig, dies muss ja keiner wissen." Doris nickte nur, weil sie sah, dass Frau Weber auf sie zukam.

„Na, ihr Zwei, redet nicht so viel, ihr habt noch ne Menge zu tun."

Silvia und Doris nickten nur, tranken ihren Kaffee aus und gingen wieder ihrer Arbeit nach.

Da stand Antonio im Speisesaal, der zum Kongresssaal führte. Er sah zu Silvia rüber, zwinkerte mit einem Auge und ging in den Kongresssaal.

Doris sah zu Silvia und sagte mit lustiger Stimme: „ Ach ja, der liebe Frank, den willst du ja nicht betrügen. Wenn mich soooo ein Mann, wie dieser anlächeln würde, dann würde ich nicht nachdenken."

Silvia: „ Es fällt mir auch schwer. Er war meine erste große Liebe. Ich werde ihn nie vergessen, wenn er mir immer wieder über den Weg läuft, kann ich ihn ja auch nicht vergessen. Ich wollte es aber, ich wollte heiraten und Kinder haben. Eine richtige Familie wollte ich."

Doris: „ Und was spricht dagegen?"

Silvia schaute zur Tür des Kongresssaales und sagte: „ Er."

Doris sah ganz verträumt zu dieser Tür, nickte mit dem Kopf und sagte leise: „ Für den würde ich alle anderen stehen lassen."

Silvia: „ Ja, aber er ist verheiratet."

Silvia versuchte, den Tag über immer an einem Ort zu sein, wo sie ihm nicht gerade über den Weg lief.

Als sie nach Hause kam, lag ein Brief für sie auf dem Tisch, er war von Frank aus Australien. Silvia dachte nur, auch das noch, gestern hätte ich mich über den Brief gefreut, und nun hatte sie ein sehr schlechtes Gewissen. Sie wollte gerade in ihr Zimmer verschwinden, da kam ihre Mutter aus dem Wohnzimmer und sagte: „ Silvia, ist es nicht schön? Frank hat dir geschrieben. Willst du nicht erst zu mir ins Wohnzimmer kommen? Vati kommt auch bald nach Hause und wir könnten zusammen Kaffee trinken."

Silvia nickte und ging zur Mutter ins Wohnzimmer, setzte sich in einen Sessel und seufzte ganz tief.

Ihre Mutter schaute sie an und fragte: „ Hast du heute
wieder einen schweren Tag gehabt?"
Silvia: „ Ja, ich habe viel zu tun gehabt und so lange ich
noch lernen muss, muss ich immer bei allem 200 Prozent
bieten. Ich will ja einen, guten Abschluss machen."
Die Mutter schaute traurig und sagte: „Ach ja, du willst ja
wenn Frank wieder nach Hause kommt und du deinen
Abschluss hast, nach Bayern und aus der Pension, von
seinen Eltern ein nettes Hotel machen."
Silvia: „ Ich bin mir noch nicht so sicher, ob ich es machen
möchte."
Die Mutter schaute Silvia ganz erstaunt an, holte tief Luft
und stotterte: „ Wie jetzt .... willst du nicht mehr? Was ist
passiert?"
Silvia: „ Nichts Mutti, ich muss jetzt erst mal den Brief
lesen und dann komme ich wieder runter."
Silvia ging in ihr Zimmer nach oben, legte sich aufs Bett,
öffnete den Brief und begann zu lesen.

Liebste Silvia,

die Zeit vergeht hier zwar im Fluge, wenn ich arbeite.
Wenn ich aber Feierabend habe, dann fehlst Du mir so
sehr. Ich denke fast die ganze Nacht an Dich und wenn ich
einschlafen möchte, muss ich schon wieder aufstehen. Ich
hoffe, dass ich bald bei dir sein kann.
Ich hoffe, dass es Dir nicht ganz genau so geht, aber dass
Du wenigstens an mich denkst, wenn es die Zeit erlaubt.
Ich weiß ja, dass Frau Weber dich immer sehr in Anspruch
nimmt, aber denke daran, sie hält viel von Dir und Du
darfst es Dir nicht mit ihr verderben. Sie ist für viele
Noten, die Du auf Deinem Zeugnis erhalten wirst mit
verantwortlich.

Ich muss hier nur meine Arbeit machen, die ist nicht zu knapp, aber ich lerne hier auch viel, wie man ein Hotel leiten kann, in dem es auch international zugeht. Das wird mir später eine große Hilfe sein, wenn wir Zwei die Pension von meinen Eltern übernehmen. Die Zeit wird schon vergehen und ich werde Dich in meinen Armen halten und Dich verwöhnen können. Ich habe große Sehnsucht nach Dir. Ich hoffe, auch Du hast Sehnsucht. Bitte schreibe mir auch bald, ich schaue jeden Tag in mein Postfach, ob nicht etwas von Dir dabei ist. Lass mich bitte nicht so lange warten. Ich liebe Dich über alle Maßen. Ich küsse Dich in meinen Träumen.
Grüße bitte Deine Eltern von mir und lass mich nicht so lange auf Antwort warten.

In Liebe, Dein Dich immer und ewig liebender Frank

Als Silvia diese Zeilen las, fing sie an zu weinen. Liebt sie denn Frank auch? Da klopft es an ihrer Tür. Die Stimme ihres Vaters erklang: „ Hallo Liebes, kommst du nach unten? Kann ich zu dir rein kommen?"
Silvia wischte sich die Tränen vom Gesicht, schaute in ihren Spiegel und rief: „ Ja natürlich kannst du rein kommen."
Der Vater öffnete die Tür und schaute Silvia mit erstaunten Augen an.
„ Liebes, ist etwas passiert? Warum weinst du?"
Silvia: „ Nein, es ist nichts passiert. Ich weiß auch nicht, warum ich weine. Mir ist eben mal so."
„Ach, du musst nicht weinen. Ich kann ja verstehen, er fehlt dir eben. Komm doch einfach nur runter zum Kaffe, wir unterhalten uns und es wird dir danach bestimmt etwas besser gehen. Er kommt doch wieder zurück."

Silvia: „ Ja, ich komme und du hast ja so Recht."
Silvia ging noch schnell ins Bad, wusch ihr Gesicht, bevor
sie das Wohnzimmer ihrer Eltern betrat. Jetzt fühlte sie
sich schon etwas besser.
Die Mutter: „ Silvia, hast du irgendwelchen Kummer?
Können wir dir helfen?"
Silvia schüttelte den Kopf: „ Nein, macht euch keine
Sorgen, mir geht es gut."
Der Vater: „ Liebes, du hast Kummer, wir wollen dich
nicht bedrängen, aber wenn wir dir in irgendeiner Weise
helfen können, dann tun wir dies auch. Wir haben
Lebenserfahrung und können dir vielleicht einen guten
Ratschlag geben. Wenn du möchtest, natürlich. Wir
machen uns Sorgen, denn du siehst unglücklich aus."
Silvia: „ Das sieht nur so aus, ich habe viel Arbeit und bin
nur etwas müde. Ich muss einfach mal eine Tag nur
ausschlafen."
Die Mutter: „ Na wenn du meinst. Ach ja, das wollte ich
euch noch sagen. .Gestern rief mich Ramona an und sagte,
dass ihr Sohn, Antonio hier in der Stadt ist, er kann im
Moment nicht zu ihr kommen, er hat wohl einen
Ärztekongress und wenn er vorbei ist, dann will er seine
Eltern besuchen. Ist doch toll, oder?"
Silvias Mutter schaute ganz fröhlich einmal zum Vater und
auch zu Silvia.
Der Vater: „ Ist ja toll, wo ist denn der Ärztekongress?"
Silvia: „ In unserem Hotel."
Vater: „ Hast du ihn schon gesehen?"
Silvia: „ Ja, aber nur ganz kurz."
Mutter: „ Ja, stell dir vor, er muss doch viel durchmachen
im Moment und ist trotzdem so stark."
Vater: „ Was hat er denn?"

Mutter: „ Na, seine Frau, die Eveline, so heißt sie wohl, hatte doch eine Fehlgeburt und sie hatten sich doch so auf ein Kind gefreut."

Silvia: „ Wie, Eveline war schwanger?"

Mutter: „ Ja, deshalb hatten sie doch so Hals über Kopf geheiratet. Sie wollte doch kein uneheliches Kind zur Welt bringen. Seine Eltern waren auch so erschüttert, weil sie doch nichts davon wussten, es ging doch alles so schnell."

Vater: „ Ich hatte schon gedacht, bevor Silvia mit Frank ankam, dass aus den Beiden mal was wird. Ihr wäret bestimmt auch ein schönes Paar geworden."

Silvia: „ Ach, den hätte ich doch nie alleine für mich gehabt, da haben doch alle Frauen Stielaugen bekommen und ob da ein Mann immer treu bleibt, dies glaube ich nicht."

Die Mutter: „ Na ja, wenn man sich richtig liebt, dann bleibt man sich auch treu. Schau nur Vati und mich an. Wir sind uns immer treu geblieben und dies wird sich auch nicht ändern."

Als ihre Mutter dies sagte, stand der Vater auf, nahm seine Frau in den Arm, drückte sie ganz fest an sich und sagte: „ Ja, wir lieben uns noch wie am ersten Tag. Doch dafür muss man auch was tun..."

Silvia: „ Wie, was muss man denn da tun?"

Die Mutter: „ Also, man muss sich immer gegenseitig akzeptieren und Respekt vor einander haben."

Vater: „ Man darf nicht versuchen, den anderen ändern zu wollen, denn als wir uns verliebt haben, haben wir den Partner doch so, wie er ist, haben wollen."

Mutter: „ Es treten schon mal Meinungsverschiedenheiten auf. Man muss darüber reden können, ohne dass es gleich zu einem Streit kommt. Wir schaffen es immer wieder, dass wir wenigstens einen Kompromiss finden."

Vater. „ Die Schlimmste Zeit hatten wir, als du auf die Welt kamst."

Silvia: „ Wieso denn das? War ich so schwierig?"

Mutter: „Nein, wir waren plötzlich zu dritt und eine neue Situation ist entstanden, an die wir uns erst gewöhnen mussten. Es war eine schöne Zeit, als du noch so winzig warst, wir wollten dich ohne Ende verwöhnen. Die Erkenntnis, wir müssen dich auch erziehen, kam dann aber auch."

Silvia fühlte sich nach dem Gespräch etwas erleichtert und auch abgelenkt. Als sie gegen Abend ins Bett ging, sah sie in Gedanken vor ihren Augen, Frank. Sie fühlte ihn ganz deutlich, als wenn er in ihrer Nähe wäre. Sie schlief auch endlich vor Erschöpfung ein. Im Traum erschien immer wieder Antonio, so dass sie sehr unruhig schlief und am nächsten Morgen wie gerädert aufstand.

Silvia stand vor dem Spiegel, da sagte sie selbst zu sich: „ Wie siehst du nur wieder aus? Nicht ausgeschlafen, obwohl ich doch so zeitig in Bett gegangen bin."

Nun hatte sie noch einen anstrengenden Tag vor sich und sie hoffte, dass Antonio ihr nicht wieder über den Weg läuft.

Der ganze Vormittag verlief sehr arbeitsreich. Doris war auch geschafft. Als es gegen Mittag etwas ruhiger wurde sagte sie zu Silvia: „ In einer halben Stunde haben wir es geschafft und die Ärzte und deren Praktikanten ziehen bald aus. Wir müssen heute nichts in den Zimmern mehr machen, sie haben heute genug Putzkräfte und Zimmermädchen zur Verfügung."

Silvia: „ Na prima, ich bin heute auch total am Ende."

Als die Gäste des Kongresses nach und nach das Hotel verließen, kam Frau Weber ganz aufgeregt angelaufen und sagte: „ Hallo Silvia, hier ist ein Gast, der sich bei ihnen für

die gute Betreuung und alle Annehmlichkeiten bedanken will."
Silvia stand auf, schaute erstaunt zu Frau Weber und zu Doris. „Ich habe doch nur meinen Job gemacht. Dies haben wir doch alle getan und auch Doris."
Frau Weber: „ Ja, ich weiß. Wir haben ja auch alle etwas bekommen, für das gesamte Personal, welches zu dieser Zeit hier anwesend war, aber dieser Gast, er will sich extra bei ihnen bedanken. Er watet im Foyer."
Silvia ging zum Foyer und da stand Antonio. Er hielt einen Rosenstrauß in den Händen und noch etwas in Geschenkpapier eingepacktes. Als er sie erblickte, leuchteten seine Augen und er sagte: „ Silvia, ich habe gedacht, du bist nicht hier. Ich hatte angst, wir könnten uns bevor ich wieder nach Berlin muss nicht mehr sehen."
Silvia fühlte sich total verwirrt, ihr wurde schwindlig und sie dachte, dass sie jeden Moment umkippen könnte. Es wurde sehr heiß in ihrem Brustkorb, ihr Herz raste. Sie fasste sich an den Hals und merkte, wie es immer heißer wurde und sagte mit ganz leiser Stimme: „ Bist du verrückt, jeder hier weiß, dass ich mit Frank verlobt bin. Vor allem Frau Weber, die mich jetzt zu dir geschickt hat."
Antonio: „ Wieso denn, es ist doch nichts dabei, wenn ich einer fleißigen Mitarbeiterin vom Hotel einen Strauß schenken möchte und bei ihr bedanken möchte, für die tolle Betreuung." Er drückte ihr den Rosenstrauß in die Hand und in die andere Hand ein kleines Päckchen. Er flüsterte ihr ins Ohr: „ Ich muss dich alleine wiedersehen. Können wir uns irgendwo treffen?"
Silvia: „ Um Gottes Willen, nein, wo sollen wir uns treffen."
Antonio: „ Ich liebe dich. Ich muss dich wiedersehen. Ich habe dir viel zu erklären."

Silvias Knie zitterten bis hoch zur Hüfte. Was soll sie machen? Sie sehnte sich auch nach seinen Händen, die sie so zärtlich gestreichelt hatten. Aber nein, es darf nicht sein, sie ist mit Frank verlobt und so soll es auch bleiben. Silvia drehte sich um und ging zurück zu ihrem Platz. Alle sahen sie erwartungsvoll an.

Doris: „ Was hast du bekommen und wieso bekommst du ne Extrawurst? Wir haben doch alle unser Bestes gegeben."

Frau Weber schaute zu Doris und sagte: „ Wirklich? Haben sie wirklich ihr Bestes gegeben? Na ja, Klagen sind ja keine gekommen. Sie könnten trotzdem zu unseren Gästen freundlicher sein. Man muss ja nicht unbedingt sehen, wenn sie mal keine gute Nacht gehabt haben."

Doris war entsetzt und sagte: „ Ich habe jede Nacht eine gute Nacht. Sie etwa auch?"

Silvia stieß Doris an und zischte: „ Halt deinen Mund, du musst noch ein paar Wochen aushalten, bis du dein Zeugnis bekommst."

Doris ganz leise: „ Du hast ja recht." Jetzt so, dass es jeder hören konnte: „ Entschuldigen sie meine Dreistigkeit, Frau Weber, es war nicht so gemeint. Ich habe nicht darüber nachgedacht, was ich da gesagt habe."

Frau Weber: „ Das ist ja auch eine Frechheit von ihnen, sie sollten immer erst überlegen, was sie sagen. Ich muss ja davon ausgehen, dass sie unsere Gäste eventuell auch so behandeln, wenn sie nicht erst überlegen und dann reden."

Sie wendete sich ab und ging. Doris schaute nun zu Silvia, schubste sie an und sagte: „ Was ist denn nun? Was ist in dem Päckchen drin?"

Silvia: „ Ich weiß es nicht."

Doris: „ Na dann sieh doch mal nach."

Silvia: „ Ich habe keine Lust nachzusehen. Ich will jetzt nach Hause, ich bin kaputt."

Herr Kranz schaute um die Ecke und sagte: „ So, meine Damen, sie haben Beide, 2 Tage frei und können sich erholen. Dann aber wieder in alter Frische. Und Tschüs, bis in 2 Tagen." Er schwebte förmlich davon. Man konnte sehen, dass er sehr zufrieden war, mit dem, wie die letzten Tage abgelaufen waren.

Silvia kam zu Hause an lief gleich in ihr Zimmer, steckte die Rosen in eine Vase, öffnete das Päckchen. Es war ein Brief drin und eine kleine Schachtel. Silvia öffnete die Schachtel und drin lag ein Armband. Was soll sie jetzt mit diesem Armband machen? Wie soll sie dies erklären. Sie öffnete den Brief und las folgende Zeilen:

Liebste Silvia,

ich muss Dir so viel erklären. Ich würde es lieber unter vier Augen machen. Ich denke mal, dass wir uns noch sehen, bevor ich wieder nach Berlin muss.

Ja, ich habe Hals über Kopf geheiratet. Ich musste heiraten, ich sollte Vater werden und ich wollte Eveline nicht alleine lassen, denn ich hatte ja auch Schuld daran, dass dies so passiert ist. Es tut mir auch Leid, dass ich da etwas mit ihr angefangen habe. Du warst doch für mich unerreichbar und meistens auch unnahbar. Ich habe Dich nie vergessen und ich werde Dich auch nie vergessen. Denke bitte immer daran, ich liebe Dich. Ich denke oft an unsere Liebkosungen und wenn ich Deinen Körper streicheln konnte, dann war ich immer glücklich. Ich hoffe, dass Du mich auch nicht vergisst. Wir müssen einen Weg finden, der uns wieder zusammen bringen wird. Ich brauche dazu Deine Hilfe. Ich schaffe es nicht alleine. Ich denke mal, wenn ich mit meinem Studium fertig bin und Du Deine Ausbildung geschafft hast, dann werden wir mehr Zeit finden, die wir wieder miteinander verbringen werden.

Wenn Du mein Armband trägst, dann sollst Du an mich denken. Leider habe ich nichts, was mich an Dich erinnern soll, außer meinen Gedanken.

Bitte schreibe mir. Ich werde jeden Tag in mein Postfach sehen.

Lass von Dir hören. Ich liebe dich.

Dein Antonio

Als Silvia diese Zeilen las, musste sie an die Briefe von Josefine denken. Sollte es ihr denn genau so ergehen? Diese Josefine hat doch auch viel mitgemacht, wie hat sie es nur geschafft, alles so zu verbergen? Antonio ist wie sein Urgroßvater, dachte sie, er möchte wie er, auch 2 Frauen besitzen. Ich aber muss auch an mich denken. Ich muss ihn vergessen können, auch wenn es noch so weh tut.

Als sie so nachdachte, schlief sie auf ihrer Liege ein. Als sie wach wurde, war es schon dunkel. Sie ging die Treppe nach unten und hörte aus dem Wohnzimmer, dass der Fernseher lief. Sie öffnete die Tür, schaute rein und sah ihre Mutter im Sessel sitzen. Als die Mutter sie bemerkte, drehte sie sich um und sagte: „ Ach, Silvia, komm doch rein. Ich war vorhin oben bei dir, aber du hattest geschlafen und da bin ich wieder runter gegangen. Ich habe noch kein Abendessen gemacht, weil Vati heute nicht mehr nach Hause kommt und alleine hatte ich keine Lust. Wenn du aber möchtest, können wir noch eine Kleinigkeit essen."

Silvia: „ Im Moment habe ich keinen Appetit, vielleicht etwas später. Kann ich bei dir bleiben?"

Die Mutter: „ Welche Frage, ich bin froh, wenn ich nicht alleine hier sitzen muss. Komm, wir können uns ein wenig unterhalten und ich mache die Flimmerkiste aus. Ich kann uns einen Tee machen."

Silvia: „ Tee, oh ja, den könnte ich jetzt vertragen."

Die Mutter ging in die Küche und kümmerte sich um den Tee. Silvia setzte sich auf das Sofa. Als die Mutter mit dem Tee kam, sah sie Silvia ganz fröhlich an und sagte: „ Es ist schon eine Weile her, als wir zwei so gemütlich zusammen gesessen haben. Schade, dass es immer seltener wird. Keiner hat mehr Zeit. Schau bloß mal Vati an. Manchmal kann er nicht nach Hause kommen, weil er soviel Arbeit hat. Wenn du nicht da bist, bin ich sehr einsam, ich darf gar nicht daran denken, dass du einmal hier weggehen willst." Silvia schaute ihre Mutter an und sagte: „ Ich weiß überhaupt nicht, ob und wann ich einmal weg gehe." Sie nahm ihre Tasse und schlürfte den Tee sehr genüsslich. Die Mutter trank auch ihren Tee, stellte die Tasse wieder zurück und sagte: „ Ich denke du willst mit Frank nach Bayern?" Silvia: „ Ich habe mich noch nicht entschieden und meine Ausbildung ist auch noch nicht fertig. Frank muss erst mal aus Australien zurück kommen und wer weiß, was bis dahin alles noch so passiert."
Die Mutter: „ Ich dachte dies steht alles schon fest? „
Silvia: „ Nein. Willst du mich etwa los werden?"
Die Mutter: „ Um Gottes Willen! Ich wäre froh, wenn das noch ne Weile dauern würde und du nichts überstürzt. Du siehst ja selber, wie es ist, wenn Vati nicht nach Hause kommt, dann sitze ich hier ganz alleine und ich muss mich erst daran gewöhnen, Sonst warst du immer da, als du noch zur Schule gingst. Du bist einfach zu schnell erwachsen geworden."

So vergingen die Tage und Wochen. Silvia hatte nun mal 3 Tage frei bekommen und hatte sich mit Angelika verabredet. Dieses Mal musste Silvia zu ihr.
Als Silvia ankam, sagte sie zu Angelika: „ Es tut mir leid, meine Eltern können nicht kommen. Sie hatten es zwar

versprochen, du weißt aber, wie es immer mit den Versprechungen ist."

Angelika: „ Das macht nichts, ich habe aber einen guten Plan, da müssen deine Eltern mitkommen."

Silvia: „ Was für einen Plan?"

Angelika: „ In 6 Monaten werde ich heiraten und da gibt es keine Ausrede mehr, ich werde die Einladungen früh genug verschicken, so dass sich jeder darauf einstellen kann."

Silvia: „ Ich falle um. Wen denn, Du hattest dich doch von Benjamin getrennt und der Andere, ich glaube Manfred hieß der, hatte dich doch verlassen und nun?"

Angelika: „ Ich habe da im Krankenhaus einen kennen gelernt."

Silvia: „ Doch nicht etwa einen Arzt?"

Angelika: „ Nein, um Gottes Willen, er ist Krankenpfleger, wir kannten uns schon eine ganze Weile. Haben aber Anfangs keine Notiz voneinander genommen, weil wir einfach zu viel Arbeit hatten."

Silvia: „ Wie find ich denn das? Du und in festen Händen, ich kann es mir nicht vorstellen."

Angelika: „ Ja, mich hat es ganz schön erwischt. Nun aber mal zu dir. Wie geht es dir und was macht dein Freund Frank?"

Silvia: „ Ja, er ist ja noch in Australien. Wenn er wieder zurück ist, dann bin ich auch bald fertig mit meiner Ausbildung."

Angelika: „ Und dann?"

Silvia: „ Er möchte, dass ich mit ihm nach Bayern gehe und in der Pension von seinen Eltern mit arbeite."

Angelika: „ Willst du?"

Silvia: „ Ich glaube schon. Ich muss aber nach dem Abschluss noch ein Jahr Praktikum machen. Bis jetzt weiß ich noch nicht wo. Nun mal zu dir. Wann kann ich denn deinen Schatz mal kennen lernen?"

Angelika: „ Wenn Du bis morgen noch bleiben kannst, wirst du ihn kennen lernen. Er will morgen nach dem Mittagessen kommen."

Silvia: „ Prima, ich freue mich schon darauf zu sehen, wer es endlich geschafft hat, dich in festen Händen zu bekommen."

Angelika: „Es lag doch nicht nur an mir. Was soll ich denn mit Einem, der nicht treu sein kann?"

Silvia: „ Du hast Recht. Woher willst du wissen, ob er der Richtige ist. Ich denke immer man kann es nicht hundert Prozent wissen."

Angelika: „ Du bist jetzt ganz schön misstrauisch geworden. Wie kommst du zu dieser Erkenntnis?"

„Reine Erfahrungssache, Angelika, du kannst mir glauben, ich weiß wovon ich rede."

Angelika: „ Ja, mit wem hast du denn so schlechte Erfahrungen gemacht?"

Silvia: „ Das werde ich dir ein anders Mal erklären. Am Besten ist, wenn wir ein anderes Thema haben."

Angelika: „ Soll mir Recht sein. Reden wir mal darüber, wie schön es doch war, als es noch keine Jungs für uns gab, wie unbeschwert wir doch gespielt haben. Wir mussten uns um nichts kümmern."

Silvia: „ Ja, es war auch eine schöne Zeit, aber wir mussten uns immer nach unserem Eltern richten. Wir mussten alles tun, was sie wollten, dies war auch nicht immer schön."

Als sie so in den alten Zeiten schwelgten, verging die Zeit und es war schon spät am Abend. Silvia schlief diese Nacht bei Angelika.

Der nächste Tag brach an und sie machten sich einen gemütlichen Vormittag. Nach dem Frühstück gingen sie spazieren und Angelika kaufte noch eine Kleinigkeit für den Kaffeetisch, wenn ihr Zukünftiger kommt.

Silvia: „ Wie soll ich denn deinen Schatz ansprechen? „
Angelika: „ Michael heißt er."

Angelika und Silvia waren gerade angekommen, da klingelte es und Angelika rief ganz aufgeregt: „ Das ist Michael, ich gehe schon und mache ihm die Tür auf."

Silvia: „ Du bist ganz schön aufgeregt, als wenn ihr euch zum ersten Mal trefft."

Angelika: „ Ja, ich freue mich immer Riesig, wenn er kommt. Ich bin überglücklich." Sie lief schnell zur Tür und da stand Michael. Silvia schaute ihn sehr genau an, er war sehr groß, hatte breite Schultern und hatte dunkelblonde Haare. Er sah gut aus, war aber überhaupt nicht Silvias Geschmack. Sie war auch sehr froh darüber, denn noch einen Mann, der ihr gefiel, das konnte sie nicht verkraften. Hatte sie doch schon genug, dass sie sich zwischen Frank und Antonio nicht entscheiden konnte. Na ja, was heißt entscheiden, Antonio war ja schon vergeben, sie musste ihn nur noch vergessen. Als sie so darüber nachdachte, bemerkte sie nicht einmal, dass sie leise: „ Vergessen", vor sich hingesprochen hatte. In diesem Moment stand Angelika neben ihr und fragte: „ Was oder wen soll ich vergessen?"

Silvia erschrak: „ Nein, du sollst nichts vergessen, ich habe mit mir selber gesprochen." Als sie dies sagte, stand Michael vor ihr, reichte ihr die Hand und fragte: „ Du bist also Silvia und redest mit dir alleine? Das ist sehr bedenklich."

Angelika: „Ach, du erst wieder. Das ist Michael, mein zukünftiger Mann. Silvia, mach dir nichts draus, er hat es immer mal mit der Psychologie. Dies muss ich ihm noch abgewöhnen."

Michael: „ Du glaubst doch nicht im Ernst, dass du mich umerziehen kannst?"

Angelika: „ Nein nicht wirklich."

Michael nahm Angelika in den Arm und küsste sie auf den Mund.

Michael ging ins Bad und Angelika deckte mit Silvia den Kaffeetisch. Dabei fragte Angelika: „Und .... wie gefällt er dir? Was sagst du dazu?"

Silvia: „ Er muss dir doch gefallen."

Angelika: „ Er gefällt dir nicht?", dabei machte sie ein unglaubliches Gesicht.

Silvia: „ Ja, er sieht großartig aus, aber sei doch froh, dass ich einen völlig anderen Geschmack habe. Stell dir vor, ich würde mich in ihn verlieben?"

Angelika: „ Bloß nicht, wage es bloß nicht, er gehört mir und ich liebe ihn über alles. Ich kann es nicht beschreiben. Ich glaube, ich war noch nie so verliebt wie jetzt."

Silvia: „ Na siehst du, das ist doch gut so. Ich finde er ist ein großartiger Mann und ihr Zwei passt ausgezeichnet zusammen."

Silvia blieb noch zum Abendessen und machte sich danach auf den Heimweg.

Auf dem Heimweg dachte sie darüber nach, was sie wohl falsch macht. Ob Angelika ihren Benjamin oder Manfred so schnell vergessen konnte und wirklich nur noch Michael liebt? Es sah jedenfalls so aus. Wie verliebt die Beiden miteinander umgehen, Es ist beneidenswert.

Die Zeit verging durch die viele Arbeit, die sie im Hotel hatte, worüber sie sich auch freute, damit sie nicht immer an Antonio oder auch an Frank denken musste. In der Zwischenzeit hat Doris ihre Ausbildung auch geschafft, mit einigen Anderen, zu denen Silvia nicht soviel Kontakt hatte und nur Berufsmäßig kannte. Es wurde eine Feier veranstaltet, an denen sehr viele Mitarbeiter eingeladen wurden. Alle Mitarbeiter die an diesem Tag nachmittags nicht arbeiten mussten, waren eingeladen unter ihnen auch

Silvia. Sie durfte auch etwas früher nach Hause, damit die Anwesenden sich auch dem Zweck entsprechen anziehen konnten. Silvia zog ihr schönstes Kleid an. Frau Weber war auch anwesend. Silvia hätte sie beinahe nicht erkannt, weil sie ja sonst immer wie eine strenge Hausdame um das Jahr von 1900 angezogen war. Ja, auch Doris war ganz schick angezogen. Alles war sehr feierlich. Dies stand Silvia noch bevor. Alle die ihre Ausbildung bestanden haben, bekamen einen Blumenstrauß und ihr Zeugnis in die Hand gedrückt, mit einer Urkunde. Sogar der Chef des Hauses, Herr Kuebler war anwesend. Es wurde viel geredet und nach geraumer Zeit, sagte Herr Kuebler: „Meine Damen und Herren, dass Buffet ist eröffnet." Er zeige in Richtung Saal und alle bewegten sich in diese Richtung. Herr Kuebler blieb an der Tür zum Saal stehen. Da bemerkte er Silvia, lächelte sie an und fragte: „ Sie sind doch Fräulein Schreiber?" Silvia nickte mit dem Kopf und Herr Kuebler streckte ihr die Hand entgegen. Silvia reichte ihm auch die Hand, da bemerkte Silvia, wie Frau Weber zu ihr sah. Silvia tat so, als würde sie es nicht bemerken, da sprach Herr Kuebler zu Silvia: „ Herr Hofer wird ja auch bald wieder in Deutschland ankommen. Sie können stolz auf ihn sein. Ich habe nur Gutes von ihm gehört. Er ist ein fleißiger Mann." Silvia: „ Das freut mich zu hören, Herr Kuebler. Woher wissen sie von Frank und mir?"
Herr Kuebler: „ Wir sind uns doch mal in der Eingangshalle begegnet und Herr Hofer hat sie mir vorgestellt."
Silvia: „Das wissen sie noch?"
Herr Kuebler: „ So eine schöne Frau kann man doch nicht vergessen."
Gerade als er dies sagte, stand Frau Weber hinter Silvia und räusperte sich leise. Herr Kuebler wendete sich von Silvia ab und sprach Frau Weber an: „Hallo, Frau Weber.

Meinen größten Respekt davor, wie sie unsere Azubis durch ihre Ausbildung begleitet haben."

Frau Weber: „ Das ist ja schließlich mein Beruf und sie wissen doch, dass dies für mich das Wichtigste ist. Meine Azubis bis zum Ende zu begleiten und zu unterstützen, wo immer ich nur kann."

Während sie dies sagte, machte sie ein sehr strenges Gesicht.

Herr Kuebler: „ Ja, natürlich, Frau Weber. Ich habe es von ihnen auch nicht anders erwartet."

Als Silvia nach Hause kam, lag ein Brief auf dem Tisch. Drin war die Einladung zur Hochzeit von Angelika und Michael. Es lag noch eine Einladung auf dem Tisch, die war für ihre Eltern. Diesmal hatten sich Silvias Eltern tatsächlich mal Frei genommen und fuhren zusammen mit Silvia zu Angelika. Es war eine sehr schöne Hochzeit. Angelika war ganz in weiß gekleidet und Michael trug einen dunklen Anzug. Er sah wirklich prächtig darin aus. Angelikas Eltern waren auch anwesend, was so gut wie nie vorkam, dass Beide zu Hause waren. Sie waren auch sehr stolz auf ihre Tochter. Angelikas Mutter unterhielt sich sehr anregend mit Silvias Mutter unter anderem sagte sie ihr, dass Michael noch angefangen hat zu studieren und will Physiotherapeut werden. Dafür muss Angelika, wenn er damit fertig ist nicht mehr im Krankenhaus die vielen Schichten machen und arbeitet bei ihm als Schwester. Er will doch eine eigene Praxis aufmachen.

Frank kommt wieder

Silvias Abschluss stand kurz bevor. Sie hatte bis zu diesem Tag viel tun und auch lernen müssen.
Es waren sehr anstrengende Monate. Sie kam kaum noch dazu viel über Frank und Antonio nachzudenken. Die Anstrengungen haben sich aber gelohnt. Silvia wurde die Beste von diesem Ausbildungsjahr. Sie war sehr stolz darauf.
Nun war es soweit. Die Auszeichnung und der Berufsabschluss wurden zu einem feierlichen Festakt, zu dem auch die Eltern und andere Angehörige eingeladen wurden.
Silvia bekam von ihren Eltern ein sehr schönes Kleid geschenkt, welches man wirklich nur zu feierlichen Anlässen anziehen konnte. Ihre Eltern zogen ebenfalls ihre schönsten Sachen an und machten sich auf den Weg zum Hotel. Silvia musste schon etwas früher dort sein. Es wurde noch einmal alles geprobt, wie sie sich aufstellen sollten, zu diesem feierlichen Festakt. Es war wieder alles vertreten, die zur Ausbildung beigetragen haben. Frau Weber war wieder sehr schön angezogen und hatte sogar eine neue Frisur. Silvia war überrascht, wie gut sie eigentlich aussah. Jetzt ging es los. Die Abschlussklasse ging nacheinander alle in den Festsaal. Silvias Herz klopfte bis zum Hals. Sie war so aufgeregt, dass sie keinen von den Gästen sehen konnte. Sie wurden Alle beglückwünscht, von Frau Weber, Herrn Kranz, Herrn Kuebler und es waren auch noch einige von den Lehrern der Berufsschule dabei. Es gab eine Urkunde, das Zeugnis und einen Blumenstrauß. Herr Kuebler hielt noch eine kleine Ansprache über alle ehemaligen Auszubildenden und nannte dann Silvias Namen, als Beste vom Ausbildungsjahr. Silva freute sich darüber, es war ihr aber auch peinlich, sie fühlte die Blicke,

die auf ihr brannten. Als sie nach ihren Eltern Ausschau hielt, kribbelte es in ihrem ganzen Körper, denn in diesem Moment kam Frank auf sie zu. Er war sehr festlich angezogen und hielt einen großen Rosenstrauß in der Hand, den er ihr überreichte, mit den Worten: „ Ich gratuliere dir und bin sehr überrascht, dass du es zu der Besten geschafft hast.“ Er nahm sie in den Arm, küsste sie einmal links und einmal rechts auf ihre Wangen und sprach ganz leise in ihr Ohr: „ Der richtige Kuss kommt später, wenn wir ungestört sind.“ Silvia war etwas verwirrt. Sie rechnete doch in diesem Moment nicht damit, dass Frank vor ihr stehen könnte. Sie wusste auch nicht, wie sie jetzt den Rosenstrauß auch noch nehmen sollte. Ihre Hände waren schon besetzt von der Urkunde, dem Zeugnis und dem Blumenstrauß vom Hotel. Frau Weber trat an Silvia heran, nahm ihr den Strauß vom Hotel ab und sagte: „ Der Rosenstrauß ist jetzt wohl wichtiger. Ich bringe den Blumenstrauß zu ihren Eltern, wenn es recht ist.“ Ihre Blicke gingen von Silvia zu Frank, den sie sehr liebevoll anblickte. Silvia bemerkte diese Blicke nicht, sie war viel zu aufgeregt und nickte Frau Weber zu. Ihr fehlten noch immer die Worte. Frank trat zur Seite, da kam Herr Kuebler zu ihr, reichte ihr noch einmal die Hand und sagte: „ Wir sind alle hier sehr stolz auf sie. Sie haben es meisterhaft gemacht. Wir würden uns sehr freuen, wenn wir sie auch weiterhin in unserem Team behalten dürfen.“ Silvia sagte immer noch nichts. Herr Kuebler sah zu Frank und sagte zu ihm: „ Sie können stolz auf ihre Silvia sein.“ Frank nickte und sagte: „ Ja, das bin ich auch.“ Endlich beendete Herr Kuebler die Ansprachen und sagte, wie beim letzten Mal: „ Das Buffet ist eröffnet.“ Er zeigte in Richtung Speisesaal, wo wieder ein herrliches Buffet angerichtet war. Da kamen auch die Eltern von Silvia auf sie zu, gratulierten ebenfalls und hatten auch noch einen

Blumenstrauß dabei. Die Mutter sagte zu Silvia: „ Wir versuchen mal ein paar Blumenvasen zu bekommen, denn es werden ja immer mehr Blumen." Sie sah auf den Rosenstrauß, den sie immer noch in der Hand hielt und sagte: „ Der ist ja faszinierend." Nun stand Frank auch neben ihr, reichte ihren Eltern die Hand und sagte: „ Sie haben eine fantastische Tochter." Der Vater: „ Ja, das haben wir schon immer gewusst. Wir sind auch sehr stolz auf unsere Silvia." Nun gingen sie zum Buffet und es wurde ein gemütlicher Abend. Silvia war sehr glücklich, dass Frank neben ihr war. Er sah sehr elegant aus. Sie bemerkte auch, wie Frau Weber immer wieder zu ihnen sah. Ob sie wohl auch in Frank verliebt war? Nach dem Essen trat sie an Frank heran, gab ihm die Hand und fragte: „ Wie war es denn in Australien? Hat es ihnen dort gefallen?"
Frank: „ Ja, es war sehr schön und auch lehrreich. Ich wäre bestimmt länger dort geblieben, aber ich habe meine Silvia so sehr vermisst." Als er dies sagte, bemerkte Silvia, dass sie rot anlief. Ihr wurde sehr heiß und sie sagte: „ Ich glaube, ich muss mal an die frische Luft." Frank: „ Ich komme mit. Mir ist auch sehr warm geworden." Er wendete sich von Frau Weber ab und sie gingen auf die Terrasse. Da standen schon ein paar Pärchen, die sich dort umarmten und keiner achtete dabei auf die Anderen. Frank nahm Silvia in den Arm, küsste sie ganz fest auf den Mund, drückte sie dabei an sich und sagte: „ Ich lass dich nie wieder los. Ich liebe dich über alles. Ich habe dich so sehr vermisst." Silvias Herz klopfte bis zum Hals, ihr wurde noch heißer als vorher. Sie hielt sich an Frank auch fest und dann flüsterte sie ganz leise: „ Ich habe dich auch sehr vermisst. Ich liebe dich auch so sehr, ich kann es nicht beschreiben. Bleibst du denn nun hier?" Frank: „ Ja, erst mal ja. Ich habe jetzt 1 Woche Urlaub, dann muss ich aber zu meinen Eltern nach

Bayern. Wenn du frei bekommst, dann kannst du auch mitkommen."

Silvia: „ Ich soll vom Hotel übernommen werden und da werde ich bestimmt nicht gleich Urlaub bekommen."

Frank: „ Na gut, wir werden sehen, jetzt habe ich erst mal eine Woche frei und dann sehen wir mal weiter." Sie gingen wieder in den Festsaal und es lüfteten sich die Reihen, so sagten auch Silvias Eltern: „ Wir können uns auch auf den Weg machen. Kommt ihr Zwei denn auch mit zu uns nach Hause?" Silvia schaute Frank an und er sagte: „ Ihr könnt ja die Blumen alle mitnehmen, Silvia und ich gehen noch eine Weile zu mir und dann bringe ich sie natürlich nach Hause." Silvias Vater schaute sehr unglücklich zu Silvia. Dies merkte die Mutter auch und sie sagte: „ Man muss auch loslassen können, Hartmut. Silvia ist erwachsen, das musst du endlich verstehen."

Der Vater: „ Ja, ich verstehe dies auch, nur in letzter Zeit war sie immer zu Hause. Jetzt hat sie für uns keine Zeit mehr. Damit muss ich erst mal klar kommen."

Frank: „ Ich bringe sie doch nachher zu euch nach Hause." Silvia ging mit Frank zum Taxi, welches er schon bestellt hatte und sie fuhren zu der Pension, in der sie schon einmal waren. Frank hatte wieder das gleiche Zimmer wie damals, bevor er nach Australien flog. Er trug Silvia in das Zimmer rein, legte sie auf die Liege küsste ihr ganzes Gesicht einige Minuten lang. Silvia: „ Ich muss mir das Kleid ausziehen, es ist zu schade, wenn es zerknittert wird." Frank. „ Ja, tu dies, ich muss mich auch etwas frei machen." Er stand auf, ging zum Kühlschrank, holte eine Flasche Sekt heraus, zog seinen Anzug aus, setzte sich zu Silvia auf die Liege und sagte: „ Jetzt machen wir es uns gemütlich und stoßen auf deine bestandene Prüfung an." Er goss etwas Sekt in die Gläser, nahm eine Glas in die Hand und sagte: „ Komm mein Schatz, ich möchte mit dir anstoßen." Silvia nahm auch ihr Glas in die Hand und stieß mit ihm an. Sie stellten die Gläser zurück auf den Tisch und Frank umarmte Silvia ganz innig, sie ließ sich fallen, währen er sie liebkoste. Er war sehr zärtlich mit ihr und Silvia hatte das Gefühl, sie verliert dabei ihren Verstand. Silvia klammerte sich an ihn fest und flüsterte: „ Ich lass dich nie wieder los. Bitte geh nicht wieder weg von mir."

Frank: „ Ich werde dich nie wieder verlassen und wenn ich weg muss, dann nehme ich dich überall mit. Egal was passiert, wir gehören zusammen." Silvia war heute sehr glücklich. Als sie ins Bad ging, um sich etwas frisch zu machen, bemerkte sie, dass sie die ganze Zeit, nicht eine Sekunde an Antonio dachte, erst jetzt, als sie vor dem Spiegel stand und so mit zerwühltem Haar hinein blickte. Sie dachte in diesem Moment, dass sie mit Frank doch sehr glücklich sein kann und vor allem ist er noch frei. Mit ihm kann sie eine Familie gründen. Sie tranken, als sie aus dem Bad kam jeder noch einen kleinen Schluck Sekt. Silvia schaute zur Uhr und sagte: „ Oh, wir sind schon 3 Stunden hier. Ich habe es nicht bemerkt, dass die Zeit so schnell vergangen ist." Frank: „ Das ist doch ein Zeichen, dass es dir gefallen hat und du dich bei mir wohlfühlst." Silvia: „ Ja, ich fühle mich bei dir wohl und ich möchte immer nur mit dir zusammen sein." Vor der Pension stand ein Taxi und Frank brachte Silvia nach Hause. Silvias Eltern warteten schon ungeduldig auf sie und freuten sich sehr, als Frank mit ihr vor der Tür stand. Der Vater fragte: „ Möchten sie nicht mit rein kommen?" Silvia schaute Frank sehnsüchtig an und sagte: „ Oh ja, bitte, komm mit rein." Frank: „ Na gut. Ich habe noch Zeit. Aber du Silvia, musst du dich nicht ausruhen und morgen zum ersten Mal richtig arbeiten? „ Silvia: „ Nein, ich muss mich nicht ausruhen und morgen habe ich einen Tag frei, ich muss erst

übermorgen zur Arbeit. Alle die jetzt ihren Abschluss geschafft haben, haben einen Tag frei bekommen."
Der Vater bot Frank einen Platz an, so setzten sich alle im Wohnzimmer gemütlich hin. Die Mutter stand auf und sagte: „ Ich hole mal die Flasche Wein, die ich doch extra für diesen Tag besorgt habe."
Silvia: „ Wie. Habt ihr gewusst, dass Frank heute kommt?"
Der Vater: „ Nein, Mutti meint, für deinen bestandenen Abschluss." Die Mutter kam mit der Flasche ins Wohnzimmer, da stand der Vater auf, holte aus dem Wohnzimmerschrank 4 Gläser. Die Mutter goss jedem einen kleinen Schluck ein, setzte sich auch wieder. Der Vater hob das Glas und sagte mit feierlichem Gesicht: „ Auf unsere Silvia, die ihre Ausbildung mit Auszeichnung bestanden hat. Wir wussten immer, dass Silvia besteht, aber dass sie es mit Auszeichnung schafft, das hätten wir nie gedacht." Alle hielten ihr Glas in Richtung Silvia und prosteten ihr zu. Silvia wurde verlegen und sagte: „ Nun macht nicht solchen Wirbel darum. Ich habe es geschafft und bin auch froh darüber." Am nächsten Tag stand Frank gleich nach dem Frühstück vor der Tür. Silvia war alleine zu Hause, ihre Eltern mussten arbeiten. Sie ließ Frank herein. Frank setzte sich an den Küchentisch. Silvia fragte ihn: „ Möchtest du Kaffe trinken? Ich mache gleich noch welchen fertig, ich trinke ja nur Tee." Frank: „ Mach dir keine Mühe." Silvia: „ Das ist keine Mühe für mich, ich mache es gerne und es gefällt mir, wenn wir noch eine Weile zusammen sitzen können und trinken Kaffee und Tee. Mir gefällt es doppelt so gut, weil wir doch auch alleine sind und nicht immer aufpassen müssen, was wir tun und sagen." Frank fasste Silvia ganz zärtlich an ihre Hand und sagte: „ Du hast ja Recht. Es ist schön, wenn ich mal bei dir bleiben kann. Wann kommen deine Eltern wieder nach Hause?" Silvia: „ Meine Mutter kommt am

Spätnachmittag und mein Vater erst gegen Abend." Silvia
machte für Frank noch Kaffee und für sich eine Tasse Tee.
„Kannst du dir vorstellen, dass wir immer so zusammen
sein können?"
Frank: „ Das wäre mein größter Wunsch. Wann kannst du
denn nun mit mir mit nach Bayern? Wir hätten dort eine
kleine Wohnung, für den Anfang, bei meinen Eltern. Uns
gehört noch ein Grundstück in der gleichen Straße und
dort werden wir unser Haus bauen, wenn du möchtest."
Silvia erschrak über diesen Vorschlag und den Gedanken,
dass sie mit Frank für immer, so wie ihre Eltern es tun,
zusammen leben kann. Frank sah ihre erschrockenen
Augen und fragte: „ Möchtest du nicht mit mir zusammen
sein? Ich wollte dich auch heute fragen, ob du meine Frau
werden möchtest. Du bist nun erwachsen genug und
kannst dies selbst entscheiden. Deine Eltern hatte ich
schon gefragt und verlobt sind wir auch schon. Was willst
du noch?"
Silvia fiel ihm in die Arme und sagte: Ich will deine Frau
werden. Ich muss aber noch ein Jahr hier in diesem Hotel
arbeiten. Ich musste dafür unterschreiben. Du bist so weit
weg von mir, wenn du die Pension übernimmst." Frank
küsste Silvia über ihr ganzes Gesicht und flüsterte: „ Ich
hatte schon gedacht, dass du mich nicht mehr heiraten
möchtest. Wenn du Frei hast, dann kommst du zu mir nach
Bayern und wenn ich Frei habe, komme ich zu dir.
Hauptsache wir sind Mann und Frau. Meine Eltern können
mich noch unterstützen. Sie würden aber auch gerne sehen,
wenn du auch bald zu uns kommst und wir zusammen die
Pension übernehmen." Silvia: „ Ich muss nun ab morgen
wieder arbeiten und muss auch zeigen, dass ich viel gelernt
habe. Jetzt geht es daran, dass ich mal richtig Geld
verdienen kann."

Als Silvia am nächsten Tag ihren ersten Arbeitstag als
Hotelfachfrau beendet hatte, stand Frank vor der Tür und
holte sie ab. Er sah sie mit großen Augen an und sagte: „
Ich habe eine Überraschung für dich." Silvia schaute ganz
erstaunt und fragte: „ Was denn für eine Überraschung?"
Er schwieg erst einige Minuten bis er endlich zu ihr sagte: „
Ich bleibe für ein Jahr hier. Habe auch schon mit meinen
Eltern telefoniert. Sie sind einverstanden."
Silvia: „ Was willst du denn ein Jahr lang machen?"
Frank: „ Ich habe mit Herrn Kuebler gesprochen, er würde
sich freuen, wenn ich das eine Jahr noch hier im Hotel
arbeite. Ich kann mein Können als Spitzenkoch unter
Beweis stellen."
Als Silvia dies hörte, fühlte sie Wärme, die in ihrem Körper
aufstieg. War sie glücklich darüber? Frank: „ Du sagst ja
nichts? Hat es dir die Sprache verschlagen?"
Silvia: „ Ja, ich kann es gar nicht glauben. Ich bin nicht
darauf vorbereitet. Wie soll dies gehen?"
Frank: „ Ich weiß es noch nicht. Wir müssen uns eine
Wohnung suchen."
Silvia: „ Um Gottes Willen, was sollen meine Eltern dazu
sagen? Ich kann doch nicht einfach ausziehen. Wie soll dies
gehen?"
Frank: „ Es muss ja nicht gleich sein, wir wollen doch
vorher heiraten und danach müssen wir uns eine Wohnung
suchen. Es muss doch nichts umwerfendes sein, wir wollen
doch in mein Haus ziehen, nach Bayern."
Silvia: „ Da müssen wir mit meinen Eltern noch reden, was
sie dazu sagen."
Frank und Silvia gingen nach Hause zu Silvias Eltern. Es
war noch keiner zu Hause. Silvia deckte den Kaffeetisch
setzte den Kaffee an, kochte noch eine kleine Kanne Tee
für sich und sagte: „Meine Eltern müssten bald nach Hause

kommen. Sie freuen sich bestimmt, wenn ich schon alles vorbereitet habe."

Als der Tisch fertig war, kam die Mutter nach Hause und freute sich, dass der Tisch schon gedeckt war. „Vati kommt auch gleich", sagte sie. Sie setzte sich an den Tisch und fragte: „Nun müssen sie ja schon bald nach Hause, zu ihren Eltern?"

Silvia: „Nein Mutti, wir wollen noch warten, bis Vati zu Hause ist und wir müssen alle zusammen etwas besprechen." Da kam der Vater. Er zog sich aus und kam ins Wohnzimmer.

„Hier ist ja alles so feierlich gedeckt? Habe ich was verpasst oder vergessen?"

Silvia: „Nein, Vati, wir müssen nur mal alle zusammen was besprechen."

Der Vater: „So, dann legt mal los." Er goss sich Kaffee in seine Tasse und schaute in die Runde.

Frank fing an: „So, Herr Schreiber, wir hatten doch schon vor mehr als einem Jahr unsere Verlobung geschlossen und nun haben wir die Absicht zu heiraten. Es geht auch darum, dass wir uns eine kleine Wohnung suchen müssen bis wir dann endlich nach Bayern ziehen."

Der Vater: „Ich denke sie müssen jetzt schon nach Bayern? Sagten sie es nicht so?"

Frank: „Das ist richtig, ich sollte ursprünglich nächste Woche schon in unserer Pension arbeiten. Habe aber schon mit meinen Eltern telefoniert und wir sind so verblieben, dass ich noch ein Jahr hier bleibe, arbeite im Hotel als Koch und wenn Silvia ihr Jahr rum hat, wollen wir nach Bayern umziehen."

Die Mutter: „Ich möchte da auch mal was zu sagen. Ihr könnt doch hier bei uns wohnen. Silvias Zimmer ist doch groß genug. Die Küche und das Wohnzimmer können wir gemeinsam nutzen. Danach sehen wir weiter."

Der Vater: „ Wann hattet ihr die Absicht zu heiraten? Wir müssen uns doch darauf einstellen und meint ihr nicht, es geht alles ein bisschen schnell?"

Silvia: „ Wieso denn? Wir sind schon länger als ein Jahr verlobt."

Die Mutter: „ Ja, das ist richtig, aber ein Jahr seid ihr nicht zusammen gewesen, Frank war in Australien. Ihr kennt euch doch gar nicht richtig. Wollt ihr nicht noch warten?"

Silvia: „ Warum denn? Meint ihr, ich lerne einen andren Mann kennen und lass Frank im Stich?"

Jetzt mischt sich der Vater ein und sagt: „ Es wäre wirklich schön, wenn es mit euch Beiden gut klappen würde. Aber ihr müsst euch tatsächlich erst mal richtig kennen lernen. Jeder dem Anderen seine Gewohnheiten. Ich möchte nicht, dass ihr schnell heiratet und nach einem Jahr eventuell euch wieder scheiden lasst. Könnt ihr das nicht verstehen?"

Silvia: „ Aber ihr seid doch auch schon lange verheiratet und ab und zu gibt's mal einen Streit. Deshalb muss man doch nicht gleich an Scheidung denken." Die Mutter: „ Eben, weil wir uns gut kennen, können wir auch mal eine Meinungsverschiedenheit überwinden und dadurch auch besser auf die Wünsche des Partners eingehen. Wartet wenigstens ein halbes Jahr noch."

Frank: „ Wie soll dies gehen? Wir sehen uns auf Arbeit nur in der Pause und dann ist jeder in seinem zu Hause. Es ist genau so, als wenn ich nicht hier wäre. Wir müssen jeden Tag zusammen sein. Nur so können wir unsere guten und schlechten Seiten kennen lernen."

Der Vater: „ Es wäre das Beste, wenn sie hier mit her ziehen würden. Platz genug ist ja."

Frank zieht zu Silvia

Einige Wochen später, nach dem Gespräch, begann Frank zu Silvia zu ziehen. Er hatte ja noch keine Möbel, die waren in Bayern, so hatte er nicht viel, was er mitbringen musste. Sie waren sich auch einig, dass Silvia, in den ersten freien Tagen, die sie bekommt mit ihm nach Bayern kommt. Silvia war sehr glücklich mit Frank und konnte sich nicht vorstellen, dass es einmal anders kommen könnte. Sie hatten auch Beide sehr viel im Hotel zu arbeiten. Jetzt musste Silvia auch mehr als nur Früh- und Spätschicht machen, da waren auch Nachtschichten dabei, welches sie nie zu ihrer Ausbildungszeit hatte. Es war alles sehr anstrengend.

Eines Tages, als Silvia zum Frühdienst kam, wurde sie zum Chef gebeten. Silvia betrat das Büro und da war ein anderer Chef anwesend, den sie nicht kannte. Trotzdem stellte er sich , als Herr Kuebler vor.
Silvia: „ Wie, sie sind Herr Kuebler?"
„Ja", sagte er, „ich bin der Bruder von dem Herrn Kuebler, den sie kennen. Setzen sie sich bitte. Ich habe da ein Problem, von dem ich denke, dass sie mir dabei helfen werden."
Silvia:"Wie kann ich ihnen helfen?"
„ Nun, wir hatten Fräulein Kramer für eine sehr schöne Sache gewinnen können. Leider kann sie diese nicht übernehmen und da dachte ich an sie."
Silvia: „ Frau Kramer, wer ist dies?" Sie überlegte noch eine Weile, da fiel ihr ein, dies war doch Doris, ja, so war ihr Name, Kramer.
Herr Kuebler. „ Es ist ihre Kollegin, Doris Kramer."

Silvia: „ Was sollte sie denn machen, ich habe sie schon lange nicht mehr gesehen."

Herr Kuebler: „ Nun, sie hatte diese Stelle schon angetreten, muss aber leider damit aufhören, weil sie in Kürze ein Baby bekommt."

„Was soll ich denn machen?"

„Nun", sagte er, „ wir benötigen sie als Stewardess auf einem Passagierschiff. Es läuft nächste Woche ein und da müssen wir sie Beide auswechseln."

Silvia lief ein kalter Schauer über den Rücken, bei dem Gedanken, als Stewardess zu arbeiten. Sie fragte: „ Wie sind sie auf mich gekommen und wie lange soll es sein?"

Herr Kuebler: „ Sie sind eine der beliebtesten von unserem Personal, sie sind stets freundlich und ledig. So etwas können wir gebrauchen. „

Silvia: „ Wir wollten aber in Kürze heiraten."

Herr Kuebler: „ Oh, haben sie schon einen Termin?"

Silvia: „ Nein, noch nicht. Frank und ich sind erst zusammen gezogen und wollen uns einen Termin noch setzen."

Herr Kuebler: „ Ach, meinen sie Frank Hofer?"

Silvia: „ Ja, wir wollen bald heiraten."

Dem ist nichts dagegen zu setzen, kommt es auf sechs Monate an? Oder müssen sie heiraten?"

Silvia: „ Wie, muss heiraten?"

Herr Kuebler: „ Na bekommen sie auch ein Baby?"

Silvia: „ Nein, ich bekomme keine Baby."

„Dann ist doch alles in Ordnung. Ihr zukünftiger Mann kann sich auch freuen, denn sie verdienen sehr viel mehr als hier."

Silvia: „ Das hört sich gut an. Kann ich aber noch all dies mit meiner Familie besprechen, bevor ich mich entscheide?"

Herr Kuebler: „ Ja, sie haben noch eine Woche Zeit. Es wäre aber sehr schön, wenn sie sich in den nächsten 2 Tagen entscheiden könnten, denn ich muss ja, wenn sie wirklich keine Interesse haben, was ich nicht glaube, mich für eine andere Mitarbeiterin entscheiden.“

Er reicht ihr die rechte Hand und sagt: „ Auf Wiedesehen Fräulein Schreiber.“ Mit der linken Hand zeigt er in Richtung Ausgang.

Silvia kam nach ihrer Arbeit zu Hause an, Frank war schon zu Hause, die Eltern waren noch nicht anwesend. Silvia fiel Frank weinend um den Hals und sagte schluchzend: „ Ich muss für ein halbes Jahr weg von hier.“

Frank: „ Ja, mein liebes, ich weiß es schon. Herr Kuebler hat es mir gesagt. Er meinte auch, dass ich dich unterstützen soll, damit du es auch machst.“

Silvia: „ Macht es dir denn nichts aus, wenn ich für ein halbes Jahr weg gehe?“

Frank: „ Natürlich, aber ich war ja ein ganzes Jahr weg und du hast auf mich gewartet. Ich kann dir doch nicht etwas verbieten, was ich selber auch getan habe. Du kannst davon nur lernen und wenn du mich wirklich liebst, dann überstehen wir es und schweißt uns auch noch fester zusammen. Ich habe keine großen Probleme damit, denn ich liebe dich über alles. Du wirst mir fehlen aber wir haben es schon eine ganzes Jahr geschafft, so schaffen wir es wohl mal noch ein halbes Jahr.“

Bei diesen Worten lag Silvia in seinen Armen und weinte. Sie klammerte sich an ihn fest und schluchzte: „ Ich liebe dich so sehr, ich will nicht fort von dir. Ich hatte mich so gefreut, als du bei mir eingezogen bist und für immer bei mir bleiben wolltest und jetzt gehe ich von dir fort.“

Frank streichelte ihr über den Rücken, drückte sie ganz fest an sich und sagte: „ Wir haben doch noch unser ganzes

Leben vor uns und dieses halbe Jahr wird uns nicht auseinanderreißen."

„Du hast ja Recht, aber ich vermisse dich jetzt schon."

Frank: „ Wir müssen so viel arbeiten, dass wir meistens zu müde sind und auch froh, wenn wir ins Bett fallen können. Dir wird es bestimmt nicht anders ergehen, denn auf so einem Schiff, da hast du zu tun und wirst jeden Abend k.o. sein."

Am Abend als die Eltern zu Hause waren und alle im Wohnzimmer am Tisch saßen, wurde über dieses Thema natürlich auch gesprochen.

Die Mutter war von Allen am meisten besorgt, dass ihre kleine Tochter nun von zu Hause weg sollte. Der Vater wusste es zu verstecken, obwohl er leichte Magenschmerzen bekam, dass seine Silvia für 6 Monate nicht nach Hause kommen soll. Die Stimmung war nicht berauschend an diesem Abend.

Arbeiten auf einem Schiff

Die 2 Wochen vergingen viel zu schnell.
Silvia ging mit sehr gemischten Gefühlen los. Sie wurde mit
einem Taxi abgeholt. Sie wusste nicht, ob sie sich darüber
freuen oder traurig sein sollte. Ihre Familie war sehr
glücklich und stolz darüber doch auch traurig.
Am Abend vorher verabschiedete sich Silvia von ihren
Eltern, mit vielen Tränen. Die Nacht war für Silvia und
Frank auch anstrengend. Sie konnten kaum schlafen. Bevor
das Taxi vor der Tür stand nahm Frank Silvia in den Arm
und sagte zu Ihr: „ Wir werden es schon schaffen." Sie
hatten nicht mehr viel Zeit für einander, denn auch Frank
musste zur Arbeit. Silvia stieg ins Taxi und Frank machte
sich auf den Weg zum Hotel. Sie winkten sich noch einmal
zu und das Taxi fuhr los. Es ist das erste Mal, dass Silvia so
lange von zu Hause weg muss. Silvia konnte sich auf nichts
konzentrieren bei dieser Fahrt. Der Fahrer bemerkte es und
fragte: „ Haben sie Probleme? Kann ich ihnen helfen?"
Silvia: „ Nein, sie können mir nicht helfen."
Der Fahrer: „ Also ich habe schon viele Menschen zu
diesem tollen Schiff gebracht. Es war Keiner bisher so
traurig wie sie. Alle haben sich bisher gefreut."
Silvia: „ Das kann ich verstehen, warum sollte man sich
nicht darauf freuen, denn es ist ja was besonderes, wenn
man auf so einem Schiff arbeiten darf. Es ist nur so, ich bin
das erste Mal von zu Hause weg. Mein Freund und ich
wollten heiraten. Dies müssen wir jetzt verschieben und
darüber bin ich traurig. Ich muss immer an meine Familie
denken ich werde wohl nicht zur Ruhe kommen."
Der Fahrer: „ Das glaube ich jetzt nicht. Wenn sie erst mal
an Bord sind und die vielen fröhlichen Menschen sehen,
werden sie bestimmt auch fröhlich werden. Glauben sie
mir, so etwas steckt an. Sie werden doch nicht nur arbeiten,

sie haben auch freie Zeit und da können sie alles genießen, wofür andere Menschen bezahlen müssen."

Silvia: „ Ich kann mir nicht vorstellen, dass ich meine Familie vergessen werde."

Der Fahrer: „ Das sollen und werden sie auch nicht. Sie werden sich bestimmt mit der Situation anfreunden und finden es auch so schön. Sie werden sich immer freuen, wenn sie den Heimathafen ansteuern und von ihrem Liebsten abgeholt werden. Glauben sie mir, ich weiß wovon ich spreche."

Silvia sagte in diesem Moment kein Wort mehr, denn sie sind am Hafen angekommen, sie hatte Bauchschmerzen.

Der Fahrer: „ Sagen sie doch bitte ihrer Kollegin, Frau Kramer, dass ich hier auf sie warte."

Silvia: „ Ja, ich sage ihr es." Sie ging mit kleinen Schritten in den Hafen rein, dort stand das Schiff. Es war sehr groß. So etwas hatte sie noch nie vorher gesehen.

Silvias Herz klopfte bis zum Hals. Als Sie das Schiff betrat, liefen viele Menschen hin und her, sie putzten alles blitzblank. Da kam ein junger Mann auf sie zu und sagte: „ Sie müssen Silvia Schreiber sein."

Silvia: „ Ja." Da kam auch schon Doris auf Silvia zu. Sie strahlte, man konnte sehen, dass sie sehr glücklich war. Sie legte ihre Arme um Silvia und sagte: „ Herzlich willkommen. Schön, dass du gekommen bist. Ich muss nun leider ins Hotel zurück, denn mein Bäuchlein wächst und da kann ich hier nicht bleiben und außerdem will ich auch heiraten, bevor man es sieht. Mein Schatz hat auch Landurlaub bekommen."

Silvia stand noch immer wortlos da.

Doris: „ Was ist los, du freust dich ja gar nicht?"

Silvia bemerkte, dass sie ganz trocken im Mund war, räusperte sich und sagte mit heiserer Stimme: „ Doch, doch, ich freue mich."

Der junge Mann neben Silvia: „ Kommen sie, trinken sie mal ein Glas Wasser."

Als Silvia mit dem jungen Mann mitging, kam, noch ein Mann, er hatte eine Uniform an und ging direkt auf Doris zu. „ Hallo Liebes, bist du soweit? Können wir gehen?"

Doris: „ Schatz: „ Darf ich dir noch Silvia vorstellen?" Sie zeigte mit diesen Worten zu Silvia und ging auf sie noch einmal zu. Der Mann: „ Hallo, schön das sie gekommen sind."

Silvia: „ Ja, ich sollte noch sagen, dass da ein Taxi wartet."

Doris: „ Wir gehen ja gleich, ich wollte dir nur mal meinen zukünftigen Mann und Vater meines Kindes vorstellen, das ist Armin Fuhrmann."

Silvia: „ Angenehm, ich bin Silvia Schreiber." Sie gaben sich die Hand und dann sagte Armin: „ Jetzt müssen wir aber los." Doris und Silvia fielen sich in die Arme und verabschiedeten sich voneinander. Der andere junge Mann, der da noch neben Silvia stand, sagte: „ Kommen sie bitte, ich muss sie jetzt dem Chefsteward vorstellen, damit sie gleich eingeteilt werden können. Ich bin im übrigen Klaus, wir sprechen uns unter dem Bedienpersonal, außer dem Chef alle nur mit dem Vornahmen an. Der Chef ist Herr Krüger. Sie kamen in einem großen Raum, so groß wie einer der Räume im Hotel. Es standen viele Tische und Stühle dort. Es wurden gerade die Tische gerichtet. Klaus ging mit Silvia zu einem von den Uniformierten und sagte: „ Hier ist Frau Schreiber, Herr Krüger."

Herr Krüger: „ Gut Frau Schreiber, gehen sie bitte dort zu der Stewardess, Frau Grünberg, sie wird ihnen sagen, was sie tun müssen."

Silvia: „ Ja." Sie ging in die Richtung, in die Herr Krüger zeigte, zu einer der Stewardessen und sagte: „ Sind sie Frau Grünberg?"

„Ja, für dich aber nur ganz einfach Kati."

Silvia: „ Ich bin Silvia."

Kati: „ Wir decken jetzt die Tische ein, bevor die Passagiere kommen. Wir haben manchmal sehr viel zu tun, werden aber immer wieder mit sehr schönen Dingen dafür belohnt. Es wird dir gefallen."

Silvia: „ Hoffentlich. Ich denke mal, dass ich alles richtig mache."

Kati:" Mach dir darüber keine Sorgen, denn alle Mitarbeiterinnen und Mitarbeiter, die uns der Herr Kuebler empfiehlt, gehören immer nur zu den Besten. Mache dir also keine Gedanken, ich werde dir schon sagen, wie du dich hier verhalten musst. Du musst es ja erst mal lernen, auch wenn du kein Azubi mehr bist."

Silvia stellte die Gläser auf den Tisch, die eine von den Stewardessen polierte. „Nun", sagte Kati, „ wir bekommen ja heute auch noch einen Bootsmann, denn unseren hat uns die Doris hier weggeschnappt."

Silvia: „ Weggeschnappt, wie soll ich dies verstehen?"

Kati: „ Nun, sie werden heiraten und fahren in die Flitterwochen. Doris bleibt dann wohl zu Hause und unser Bootsmann kommt danach wieder. Der war hier immer sehr beliebt. Nicht, dass du uns auch einen von unseren Offizieren hier noch wegholst." Kati lachte dabei.

Silvia: „ Keine Angst, ich bin verlobt und wenn ich hier wieder zurück bin, werde ich auch heiraten."

Kati: „ Willst du uns dann auch verlassen?"

Silvia: „ Ja, mein zukünftiger Mann hat eine Pension in Bayern und dort soll ich auch mit hin."

Kati: „ Auch das noch. Meinst du, du fühlst dich dort wohl, wenn du hier erst mal alles kennen lernst, hast du bestimmt keine Lust mehr."

Silvia: „ Ich weiß nicht. Ich habe, glaube ich, ganz bestimmt, immer Sehnsucht, nach meinem Frank. Ich habe mich so an ihn gewöhnt. Kann ich ihm denn überhaupt schreiben und wie geht das mit der Post?"

Kati: „ Du kannst, wenn du willst einen ganz romantischen Brief schreiben, wie man dies früher getan hat, oder du gibst es unserem Funker, der macht das dann schon."

Silvia: „ Wie geht das mit dem Brief? Ich kann ihn doch nicht in einen Briefkasten werfen."

Kati: „ Doch wenn du möchtest, kannst du es in jedem Hafen machen oder wenn ein Postschiff kommt."

Kati und Silvia deckten die Tische ein. Als sie damit fertig waren, konnten sie sich ausruhen oder einen kleinen Imbiss nehmen, bevor die Passagiere in den Festsaal kamen. Silvia bekam extra Kleidung, die sie nur zum bedienen der Passagiere anziehen musste, sah aus wie eine Uniform, sah auch sehr chic aus.

Bevor die Passagiere kamen, stellte sich das Personal, vom Küchenchef, bis zur Bedienung auf, alle bekamen noch die letzten Instruktionen, damit auch alles klappt. Als die Passagiere den Festsaal verließen und die Aufräumarbeiten beendet waren, war Silvia total fertig. Es war sehr anstrengend. So ging es nun einige Tage. Silvia bekam von der Fahrt kaum etwas mit, sie war viel zu kaputt um die Schönheiten zu genießen.

Kati hatte ihr ja versprochen, dass sie auch, wenn sie frei hat einige angenehme Freizeitbeschäftigungen mitmachen kann, sie aber fiel einfach nur in ihr Bett. Sie dachte viel an ihren Frank. Bisher hatte sie nur eine kleine Mitteilung an Frank und ihre Eltern gemacht, die sie gleich dem Funker gereicht hatte, damit sie sich keine Sorgen machen sollten. Zum Brief schreiben ist sie nicht gekommen. Jetzt liefen sie den ersten Hafen an. Es war irgendwo in Italien, Silvia hatte sich nicht darum gekümmert, sie wollte nur ihre Arbeit so ordentlich wie möglich machen und das die Zeit schnell vergehen sollte und sie wieder mit ihrem Frank zusammen sein kann. Der Chefsteward, Herr Krüger fragte Silvia: „ Möchten sie bei dem Landgang mitmachen?"

Silvia: „ Muss ich da mitmachen?!

Herr Krüger: „ Nein, es bleiben immer einige vom Personal an Bord, die jetzt alles vorbereiten müssen und die keine Lust haben. Sie haben beim letzten Mal alles vorbereitet und können, wenn sie möchten mit an Land gehen."

Silvia: „ Nein danke, ich habe keine Lust, ich möchte mich mal ausschlafen."

Herr Krüger: „ Kein Problem. Also bis in 3 Tagen, dann sind wir alle wieder an Bord."

Als alle die an Land gehen wollten das Schiff verließen, ging Silvia in ihre Kabine und legte sich gleich hin. Sie versuchte einzuschlafen. Es quälten sie aber unglaubliche Kopfschmerzen und es war ihr auch übel. Sie ging an Deck um zu schauen, ob sie nicht mal ne Kopfschmerztablette auftreiben könne, so etwas muss es hier doch auch geben. Da lief ihr Kati über den Weg.

Silvia: „ Hallo Kati, ich dachte du bist an Land."

Kati: „ Nein, ich gehe erst beim nächsten Landgang. Warum bist du eigentlich noch hier?"

Silvia: „ Ach weißt du, ich wollte einfach mal nur ausschlafen. Ich kann aber nicht, denn mich quälen Kopfschmerzen. Kann man denn hier irgendwo eine Tablette bekommen?"

Kati: „ Ja, natürlich, wir haben hier eine Sanitätsstube und auch einen Arzt. Die Schwestern sind glaube ich an Land gegangen, aber der Arzt ist an Bord geblieben."

Silvia: „ Gut, zeig mir mal den Weg, da war ich noch nicht, ich kenne nur den Weg von meiner Kabine, zu dem Festsaal und den anderen Speiseräumen."

Kati: „ Es wird höchste Zeit, dass du mal etwas mehr kennen lernst. Ach ja, noch was, du warst bei dem Arzt noch nicht?"

Silvia: „ Nein, ich war ja auch noch nicht krank. Warum?"
Kati: „ Na unsere weiblichen Passagiere fallen immer
reihenweise um, wenn sie den Arzt sehen, er kann sich vor
Liebeserklärungen kaum retten."
Silvia: „ Wie denn das?
Kati: „ Er sieht ja auch umwerfend aus.
Ich kann die Frauen verstehen, wenn ich nicht in festen
Händen wäre, dann wäre auch ich schwach geworden. Er
hat sich aber bisher, wie ich weiß noch nie auf eine Affäre
eingelassen. Zumindest, so lange er hier an Bord ist. Als
Kati so erzählte, kamen sie an eine Tür mit dem Hinweis,
Schiffsarzt.
Als Kati gerade anklopfen wollte, bemerkte Silvia in
kleinerer Schrift, Bernadoni Assistenzarzt."
Silvia erschrak, wurde noch blasser als sie schon war, ihre
Beine fingen an zu zittern. Kati bemerkte, wie Silvia
reagierte und sagte: „ Was ist los mit dir? Geht es dir jetzt
noch schlechter, was ist passiert?"
Silvia: „Ich gehe da nicht rein, wenn es dieser Assistenzarzt
Bernadoni ist, den ich meine."
Kati: „ Kennst du einen Arzt, der Bernadoni heißt?"
Silvia: „ Ja, Antonio Bernadoni."
Obwohl Silvia nur noch flüsterte, ging die Tür plötzlich auf
und da stand tatsächlich Antonio. Er fragte: „ Kann ich
behilflich sein?"
In diesem Moment sah er Silvia, fasste mit beiden Händen
zu ihr und sagte: „ Silvia. Dass ich dich hier wieder sehe,
ich kann es nicht glauben."
Kati stand wie versteinert da, sagte ungefähr 2 Minuten
lang kein Wort. In der Zwischenzeit drückte Antonio, Silvia
ganz fest an sich und Kati stand mit geöffnetem Mund da.
Jetzt fasste sie sich wieder und fragte: „Ihr kennt euch
schon?"
Antonio: „Ja, wir kennen uns schon ein Leben lang."

Kati: „ Na dann." Sie ging einfach los und sagte noch ganz laut: „ Dann will ich mal wieder was tun. Da muss ich euch wenigstens nicht vorstellen."

Antonio zog Silvia in die Arztkabine und presste sie ganz fest an sich."

Silvia war ganz verdattert, sie konnte immer noch nicht verstehen, was da geschah. Erst als Antonio die Tür hinter Silvia schloss, sagte sie: „ Was machst du denn hier?"

Antonio: „ Ich bin schon eine ganze Weile hier als Schiffsarzt. Ich fühle mich auch wohl hier. Ich muss nur noch einmal nach Berlin, um meine Doktorarbeit zu machen, danach werde ich wohl für immer auf einem Schiff bleiben."

Silvia: „ Was sagt deine Frau dazu?"

Antonio: „ Seit sie unser Kind verloren hatte, hat es nur noch Sorgen gegeben. Ich habe es nicht mehr ausgehalten und bin hier auf dieses Schiff, wenn du so willst, einfach geflüchtet. Du wolltest mit mir nichts mehr zu tun haben und ich bin sehr unglücklich gewesen.

Silvia: „ Ich wusste nichts davon. Warum hast du mir nicht gesagt, dass du dich mit deiner Frau nicht mehr verstehst?!

Antonio: „ Du hast mir gesagt, dass du heiraten willst und ich wollte nicht, dass du auch noch unglücklich wirst. Außerdem wollte ich schon immer auf ein Schiff, es war immer ein Traum von mir gewesen. Mich hat aber kein Mensch verstanden. So bin ich einfach gegangen."

Silvia: „ Bist du mit deiner Frau nicht mehr zusammen?"

Antonio: „ Nein, wir liegen in Scheidung und weil wir ein Jahr nicht zusammen wohnen dürfen, kommt es mir sehr gelegen, dass ich jetzt auf diesem Schiff bin."

Silvia: „ Kannst du mir erst mal etwas gegen meine Kopfschmerzen geben? Meine Übelkeit ist jetzt nicht mehr so stark. Nur diese Kopfschmerzen."

Antonio: „ Hast du öfter diese Kopfschmerzen?"

Silvia: „ Nein, heute habe ich sie zum ersten Mal. Ich mache mir wahrscheinlich zu viel Gedanken, wegen meiner Familie und so.“

Antonio: „ Was ist mit deiner Familie?“

Silvia: „ Ach, es ist nichts weiter, nur Frank ist bei mir eingezogen und wir wollten heiraten und ich soll danach nach Bayern, zu seinen Eltern in eine Pension.“

Antonio: „ Ich wusste, dass es mit uns nicht klappen kann. So ein hübsches Mädchen bleibt nicht lange alleine. Ich bin ja auch selber Schuld.“

Silvia: „ Ja, du hast mich sehr verletzt, als deine Eltern mir deine Frau vorgestellt haben und ich wusste nichts davon. Ich habe sehr gelitten. Bis mir Frank über den Weg lief. Er ist nicht wie du, aber er verwöhnt mich und ist immer da, wenn ich ihn brauche. Er hat sogar verzichtet, zu seinen Eltern zu gehen, bis ich mit meinem Praxisjahr, welches ich noch im Hotel machen muss, denn ich muss mindestens 1 Jahr dort arbeiten, weil ich ja dort gelernt habe.“

Antonio: „ Wieso bist du dann jetzt hier auf diesem Schiff?“

Silvia: „ Weil die Doris jetzt ein Kind bekommt und ich den Rest vom Jahr für sie hier arbeiten muss. Ich kann ja nur davon lernen.“

Antonio: „ Ja, ich habe mich auch gefreut, als ich dich jetzt hier gesehen habe. Jetzt tut es mir aber sehr weh, denn du bist ja vergeben.“

Silvia: „ Warum sehe ich dich eigentlich heute hier zum ersten Mal? Wo warst du die ganze Zeit. Ich habe schon viele von der Mannschaft kennen gelernt, nur dich habe ich noch nie gesehen.“

Antonio: „ Ich komme nur, wenn man mich braucht. Wenn ich an Deck bin, dann sind viele Frauen immer sehr krank und wollen von mir behandelt werden. Sie haben aber nichts. So bleibe ich meistens hier und bekomme mein

Essen gleich von der Kombüse her gebracht, egal, ob Frühstück, Mittagessen oder Abendessen. Ich habe auch keine Lust an Land zu gehen, es ist alles nur so traurig."

Silvia streichelte ihm über das Gesicht, in diesem Moment nahm er Silvia in seine Arme und sagte: „ Ich liebe dich so sehr, dass es mir egal ist, ob du schon vergeben bist oder nicht."

Silvia: „ Ich weiß nicht mehr was ich machen soll. Ich liebe dich auch. Kann ich denn Frank so hintergehen. Ich kann nicht, er war mir ein ganzes Jahr lang treu, als er in Australien war."

Antonio: „ Weißt du es denn ganz bestimmt?"

Silvia: „ Ja, er würde mich nie betrügen. Was soll ich denn machen? So lange, wie ich dich nicht mehr gesehen habe, hatte ich es überwunden. Jetzt ist alles wieder so anders. Ich liebe dich. Ich werde dich nie vergessen."

Antonio hielt sie in den Armen und liebkoste ihr Gesicht. Er drückte sie ganz fest an seinen Körper und sagte: „ Ich lasse dich nie wieder los. Bitte bleibe bei mir."

Silvia hatte das Gefühl, dass sie den Verstand verlieren würde, es drehte sich alles in ihrem Kopf, sie konnte keinen klaren Gedanken fassen. Was soll sie nur tun?

Silvia: „ Antonio, was soll ich tun? Ich liebe dich so sehr und habe Angst, dass du mich wieder enttäuschst."

Antonio: „ Du musst keine Angst haben, ich will dich nie wieder verlieren, wenn du mich nur willst. Ich habe noch nie eine andere Frau so geliebt wie dich."

Silvia: „ Das kann ja nicht sein, was ist denn mit Evelin? Hast du sie denn nicht geliebt?"

Antonio: „ Geliebt kann man nicht sagen, ich wollte dir mal alles erklären. Sie war einfach da und du nicht. Alle von meinen Kommilitonen wollte sie haben. Keiner konnte bei ihr landen und ich habe mir einen Spaß gemacht und mit ihr geflirtet. Alle waren verwirrt, dass sie sich mit mir

eingelassen hat. Es war wohl auch falscher Stolz. Wir haben
etwas gefeiert, weil alle eine sehr schwere Prüfung
bestanden hatten und ich natürlich auch. Es floss sicher
etwas zu viel Wein und Sekt, so bin ich mit Eveline im Bett
gelandet. Wir hatten am anderen Tag kaum darüber
gesprochen und ich war der Meinung, dass sie es auch nur
als Ausrutscher verstanden hatte. Aber es kam ganz anders,
sie erzählte mir 8 Wochen später, dass sie in anderen
Umständen ist. Ihre Familie ist sehr gläubig und so haben
wir eben schnell geheiratet. Meine Eltern fanden Evelin
auch sehr nett und haben sie gleich als Schwiegertochter
akzeptiert. Nach meinen Gefühlen wurde da nicht gefragt."
Silvia: „ Meine Gefühle haben da auch keinen interessiert.
Ich hatte geglaubt, ich muss sterben. Mir ging es
beschissen."
Antonio: „ Kann ich es denn wieder gut machen? Ich
denke mal, dass ich in circa 5 bis 6 Monate geschieden bin,
dann können wir Beide zusammen ziehen. Ich werde dich
auch heiraten, du musst nur warten, bis meine Scheidung
durch ist. Alle anderen, ob meine Eltern, oder deine Eltern,
das ist mir völlig egal. Wenn du nur willst. Du hast ja Zeit
es dir zu überlegen, so lange du noch hier an Bord bist. Du
wirst sehen, ich bleibe nur dir treu. Ich habe dich schon
geliebt, als wir zusammen zur Schule gegangen sind. Du
warst nur so schüchtern."
Silvia: „ Was soll ich denn nun meinem Verlobten und
meinen Eltern schreiben?"
Antonio: Im Moment musst du noch gar nichts. Du kannst
es dir ja immer noch überlegen. Mein Angebot steht.
Bei diesen Worten sank sie in seine Arme. Er streichelte ihr
ganz zärtlich den Rücken und drückte sie ganz fest an sich.
„Weißt du", sagte er, „du kannst immer, wenn du Lust hast
bei mir vorbei kommen. Du musst sicher nicht den ganzen
Tag arbeiten. Was hast du bisher immer getan?"

Silvia: „ Ich habe mich immer in meine Koje verkrümelt und war sehr traurig, denn ich wollte nicht von zu Hause weg. Meine Freundinnen haben alle schon geheiratet, nur ich bin immer noch ledig."

Antonio: „ Deine Freundin Angelika auch, hat sie auch geheiratet?"

Silvia: „ Ja, sie hat auch geheiratet. Einen Krankenpfleger, der geht jetzt noch einmal zur Schule und will Psychologe werden."

Antonio: „ Ich hatte das Gefühl, dass deine Freundin Angelika sich eigentlich nicht binden wollte, denn sie hat doch mit jedem Mann, der ihr in die Quere kam geflirtet."

Silvia: „ Ich weiß, sie hat sich nun aber unsterblich verliebt. Sie passen auch gut zusammen."

Antonio: „ Nun, ich kann es nicht ganz glauben, aber es ist mir ja auch egal. Wichtig für mich ist, dass du mich liebst. Ich denke mal, dass die Scheidung nicht länger dauert, als es muss, denn Evelin hat nichts dagegen. Sie weiß, dass ich nicht unsterblich in sie verliebt bin. Ich denke mal, sie wird keine Probleme haben, einen anderen Mann zu finden."

Silvia und Antonio lagen sich noch lange in den Armen, bis sie schließlich in ihre Kabine ging, um noch etwas zu schlafen. Sie lag noch sehr lange wach und hatte mit den Gedanken zu kämpfen, was nun werden soll. Eins steht auf alle Fälle fest, Antonio liebte sie mehr als Frank. Er tut ihr jetzt schon leid, wenn sie es ihm mitteilen soll, dass es nichts mit ihnen wird. Sie dachte darüber nach, dass es schon seine 2. Enttäuschung wäre. Was soll sie aber machen.

So vergingen die Tage und die Passagiere kamen wieder an Bord.

Der Kapitän freute sich, als er Antonio wieder am Kapitänstisch empfangen durfte. Silvia war auch mehr als überrascht, als sie ihn zum ersten Mal in seiner Uniform

sah. Sein braungebrannter Körper, seine schwarzen Locken und die weiße Uniform, er sah umwerfend aus. Kein Wunder, Kati hatte wirklich recht, dass die Damen reihenweise umfallen wollten. Silvia bekam mit, wie der Kapitän zu Antonio sagte: „ Herr Doktor Bernadoni. Wie kommt dieser Sinneswandel? Ich freue mich, dass sie sich entschließen konnten, wieder an meinem Tisch zu sitzen. So können wir die Damenwelt noch mehr erfreuen."
Antonio: „ Ja, ich habe mich dazu entschlossen, weil ich meiner ersten großen Liebe wieder begegnet bin. Ich möchte es auch bald Kund tun, muss aber erst mal mit ihr reden, ob sie es auch wirklich möchte. Ich bin im Moment der glücklichste Mann auf Erden. Ich hätte nie gedacht, dass ich so verliebt sein kann. Ich liebe sie schon seit ich sie kenne, ich habe es nur nicht glauben wollen, dass sie mir so sehr gefehlt hat. Nun ist sie wieder in meiner Nähe und das tut gut."
Der Kapitän war überrascht, als er diese Worte hörte und fragte: „ Wer ist diese Dame, die sie so verändert hat?"
Antonio: „ Ich sagte schon, ich will erst mit ihr reden, ob ich es öffentlich machen kann."
Alle am Kapitänstisch waren sehr überrascht und schauten Antonio an, als würden sie auf eine Antwort warten.
Silvia war sehr froh, dass sie nicht den Kapitänstisch bedienen musste, denn dafür war Kati zuständig. Am nächsten Tag, als Antonio Silvia auf dem Gang nach oben sah, sagte er zu ihr: „ Silvia, mein Schatz, dich bekommt man überhaupt nicht mehr alleine zu sehen. Ich habe Sehnsucht nach dir und ich wollte dich fragen, ob ich darüber sprechen kann, dass wir 2 zusammen gehören?"
Silvia: „ Ich habe viel zu tun, ich will meine Arbeit richtig machen. Ich dachte, so lange du noch nicht geschieden

bist, dürfen wir es nicht so offen zeigen, dass wir uns lieben."

Antonio: „ Hier weiß jeder Mensch, dass ich in Scheidung liege und alle Mitarbeiter auf diesem Schiff, haben immer zu mir gesagt, dass ich mich nicht so zurück ziehen soll, ich soll mein Leben genießen, nur bei den Passagieren, da muss man vorsichtig sein, es sei denn, es kommt eine Dame, die noch nicht vergeben ist.

Leider sind es aber immer ältere Damen oder junge Mädchen, die mich nicht interessieren. Es gibt einfach keinen Ersatz für dich. Ich liebe nur dich."

Silvia: „ Außer bei Evelin, da hattest du nicht an mich gedacht."

Antonio: „ Du bist aber nachtragend, du hast doch auch einen anderen Mann gefunden:"

Silvia: „ Ja, du hast ja Recht, lass uns nicht streiten und uns all diese Verirrungen vergessen.

Am nächsten Morgen, als die gesamte Mannschaft zum Frühstück kam, die Gäste noch alle schliefen, saß die ganze Mannschaft geschlossen am Frühstückstisch. Alle warten, bis das Küchenpersonal auch am Tisch saß, da stand Antonio auf, klapperte kurz mit dem Kaffeelöffel an seiner Kaffeetasse, alle schauten ihn an und er fing an zu reden: „ Ich möchte es kurz machen, damit wir noch etwas Zeit zum essen haben. Ich habe mich dazu durchgerungen, ihnen folgendes mitzuteilen.

Fräulein Silvia Schreiber und ich sind ganz offiziell ein Paar und werden, wenn meine Scheidung rechtskräftig ist, ich habe gestern ein Signal erhalten, dass es sich nur noch um eine paar Wochen handeln wird, Silvia beim nächsten Landurlaub heiraten.

Als er dies sagte, wurde Silvia ganz rot im Gesicht, wusste nicht was sie sagen sollte, die ganze Mannschaft schaute zu ihr und Antonio ging zu ihr, hielt eine rote Rose in der

Hand, kniete sich vor Silvia und sagte ganz laut, so dass es jeder hören konnte: „ Liebste Silvia, willst du meine Frau werden?"

Die ganze Mannschaft fing an zu applaudieren und Silvia standen die Tränen in den Augen. Es wurde sehr still und Silvia sagte mit zitternder Stimme: „ Ja, ich will."

Da tönte es im ganzen Raum, so klatschten alle in die Hände. Antonio umarmte Silvia, drückte sie ganz fest an sich und sagte: „ Ich liebe dich."

Herr Krüger, der auch am Tisch saß, sagte zu Silvia: „ Jetzt kann ich verstehen, dass sie sich zum lächeln nun nicht mehr zwingen müssen. Bevor die Gäste kamen, wurde der Tisch noch abgeräumt, wobei Silvia auch helfen wollte, da nahm Antonio sie zur Seite und sagte: „ Willst du nun auch hier an Bord bleiben, wenn ich hier bin? Dann vermissen wir uns nicht mehr. Ich kann es ja auch nicht verstehen, dass ich mich hier auf diesem Schiff so wohl fühle. Meine Eltern haben sich damit abgefunden, dass ich kein Interesse an diesem Zirkus habe."

Silvia: „ Ich kann es dir erklären, warum es so ist. Wir müssen dazu erst bei mir zu Hause sein. Ich habe da ein paar Briefe gefunden, die werden dich bestimmt interessieren."

Silvia begann mit aufzuräumen und ging ganz schnell noch in ihre Kabine, um sich noch ein wenig in Ordnung zu bringen, denn bald kommen die ersten Passagiere und wollen ihr Frühstück haben. Jetzt erst Recht, will sie, dass sie von der Besatzung des Schiffes anerkannt wird und auch die Passagiere mit ihr zufrieden sind.

Am Abend setzte sich Silvia in ihre Kabine und schreib einen Brief an ihre Eltern.

Liebe Mutti und lieber Vati,

ihr werdet es nicht glauben, ich habe Antonio wieder getroffen.

Es tut mit sehr leid für Frank. Ich kann es aber nicht ändern. Ich liebe nun mal Antonio mehr. Ich will Frank nicht weh tun, darum wäre es gut, wenn Ihr Frank sagen könntet, was passiert ist. Er muss es einfach verstehen. Ich will ihn auch nicht betrügen, dies hat er nicht verdient. Es wäre also gut, wenn Ihr ihm erklärt, dass ich Antonio schon sehr lange kenne und ihn auch schon seit meinem 14. Lebensjahr sehr liebe. Ich hatte ihn abgeschrieben, weil er ja diese Evelin geheiratet hat. Es ist aber schief gegangen. Wenn wir wieder in unserer Heimat an Land kommen, werden wir nach Hause kommen. Das Haus, in dem wir wohnen, gehört ja Antonio, er hat es von seiner Ururgroßmutter geerbt. So können wir es ohne irgendeine Erlaubnis ausbauen. Ich bleibe also bei Euch.

Bis bald, seid ganz lieb gegrüßt, von
Eurer Silvia und auch Antonio.

Silvia brachte den Brief zur Poststelle auf dem Schiff und fragte den Bearbeiter: „ Wann geht der Brief von hier weg?“

Der Beamte: „ In 2 Tagen kommt das Postschiff und holt alles ab.“

Nun hatte Silvia noch genug Zeit, um sich auf die Situation für zu Hause einzustellen und auf ihre bevorstehende Hochzeit mit Antonio vorzubereiten.

Inhaltsverzeichnis

Herstellung und Verlag:
Books on Demand GmbH, Norderstedt
ISBN 978-3-8370-2000-7